蒙淇淇 著

全世界只有我可以欺负你

你好重!!

读者出版社

我叫蒙淇淇，

我有很多爱豆（idol 偶像），

但我只有一个爱人。

他叫卜先森。

他明明可以靠脸，
却偏偏要靠宠爱，
于是妥妥地把我圈饭。

亲爱的,
被子、枕头。

你的世界只差一个最好的人，
心若太阳，
温暖你的每一个早上。

Es Muss Sein

CONTENTS

目 录

CHAPTER01_ 你颜值高就好啦,余生多多指教哦 / 1
CHAPTER02_ 别拒绝长大,反正长大也不会懂事 / 25
CHAPTER03_ 谁说追星就脑残?爱豆面前我无脑 / 51
CHAPTER04_ 人山人海里,我们是逆流而上的鱼 / 77
CHAPTER05_ 不在一个次元也能谈恋爱!不骗你 / 105
CHAPTER06_ 祝姐姐你永远年轻!永远厚颜无耻 / 127
CHAPTER07_ 樱桃草莓柠檬波罗蜜,全都不如你 / 149
CHAPTER08_ 世界对你恶语相加,有我来说情话 / 177
CHAPTER09_ 你也不是没用,你可以做反面教材 / 197
CHAPTER10_ 总有那么几天,想用中指回答一切 / 221
CHAPTER11_ 我想环游的世界,是有你在的地方 / 241
CHAPTER12_ 若你是张考卷,我愿做一辈子学霸 / 263

爱情大拷问 / 284

你颜值高就好啦,

余生多多指教哦

CHAPTER
01

001

我刷微博发现热搜上一个快被玩坏的梗：#我今天吃药的时候看到一个新闻#。

于是我给卜先森发微信。

"我今天吃药的时候看到一个新闻。"

"什么药？昨晚我们明明有措施。"

"……"

"难道你的重点是新闻？你哪个老公的新闻？吴亦凡？鹿晗？李易峰？杨洋？"

"你这样很容易失去我的……"

为了过试用期，我在车上还在加班，卜先森边开车边问："你不追《太阳的后裔》？"

我头也不抬。

"怎么？不追星啦？卜太太终于成熟了！"

我没理他。

红灯的时候，他扯下领带说："过了试用期，你想要什么奖励？"

我抬起头两眼发光，"不需要！因为过了试用期，公司就可能派我去《如果蜗牛有爱情》剧组探班凯凯王！"

002

真的勇士，胖还海吃，困还熬夜，穷还追星，丑还颜控。

我都占齐了。

从来都与漂亮无缘的我，有次参加卜先森同学聚会，为了给他挣面子，我又是化妆又是穿高跟鞋。卜先森被我雷得不轻，突然扬起手。

我下意识地往后躲了躲，他手指落在我脸上，动作温柔，用指腹轻轻抹着。

原来是我脸上的 BB 霜没匀开!

一下,两下……我的脸可以煎鸡蛋了!

高跟鞋太高,我又紧张,腿站都站不直,直哆嗦。他一把拽住我胳膊,扶稳了我。

他语气很拽地说:"你在这等着。"

最后我洗了脸上的妆,穿着他临时买的帆布鞋,去见他同学。

有人说:"这是你老婆?好可爱。"

卜先森冷着脸,"闭嘴!可爱是觉得一个人不漂亮时才说的,不能说可爱,要说漂亮!"

003

我性子急,说话不经大脑,吵起架来刻薄伤人。

有一年在佛罗伦萨,在旅店吃自助时吵了起来。意大利早餐都是冷的,卜先森肠胃虚,早上不能吃凉东西。可那天我发泄自己的怒气时,他默不作声地喝了两大杯冰牛奶。

他胃痛了一整天,脸都是白的。

后来我问他:"为什么要作践自己?"

他反问我:"你说为什么呢?"

每次吵架他都一副高冷、无视我的样子,直到那时我才知道,原来他也很痛苦。

他的性格就是这么别扭、拧巴。最典型的例子,是我向他表白的那次。

我是给他打的电话,"我……好像喜欢上你了。"

"不行。"

"啊?"

"我说不行。"

"对不起,打扰了。就当我没说过,我们还是朋友……"

"我喜欢你。"

"啊?"

"你说的不算数,这句话应该我来说。"

"……"

"我这边还有事要处理,先挂了。"

004

我们是所谓"最萌身高差",我158cm,他183cm。

他每次和我逛街都只能把手搭在我肩头,而不能暧昧地揽住我的腰,所以吐槽说:"好像在和自己女儿一起走。"

"你嫌我矮?"我抓起抱枕扔过去。

他躲过,"本来就不高。"

我吼:"我没嫌你矮就不错了!你不知道你情敌多高吗?"

我抄起手机翻出吴亦凡的百科页,用手死命戳着手机屏幕,就要戳出个洞来,"看到没有,187!187!比你高一个头!"

他冷哼一声,抢过手机,直接摘了电板!

几天后知乎上有个热门话题:#有个追星的女票是什么体验#。

我看到卜先森的发言:"一要耐得住寂寞,她每天追剧刷动态,根本没时间陪你。二要文武双全,文能陪她宅在家里一整天煲剧,武能陪她探班接机花式应援。三要学会感恩,天天追那些颜值逆天爱豆的人,能看上相貌平平的你,请知足,谢谢。"

啪啪啪,脸被打肿了吧?

005

我只去过一次卜先森的母校——"巴黎六大"。他带我去当时他最常学习的地方——计算机房,抬头就能看到巴黎圣母院。回忆起在"六大"的两年,他说就是第二个"高四"。

数学专业世界排名第一,毕业通过率却只有15%,这所学校给卜先森带来的压力,远远超乎我的想象。MIR 馆里一个又一个通宵,留学生活的孤独,让他一度罹患厌食症。

"你知道我为什么去鼓浪屿过间隔年了吧?因为我那时身体垮了,需要休养一年。"

在 Jussieu 校区的 Tour Zamansky,巴黎市中心最高的一栋楼,我们在天台吹着夜风,俯瞰着流光溢彩的巴黎。他说:"那时我觉得这个城市从来不属于我。"

我拉着他的手问:"现在呢?"

"现在,我什么都可以不要。"

"只要我?"

"你这样抢台词,戏还怎么演?"

卜先森是在巴黎读的研究生,本科在国内。

他高三时宿舍附近的工地夜晚违法施工,他失眠导致神经衰弱,最终高考失利。那年夏天,电话查询高考成绩后,他一个人蹲在庭院种植的蔬菜旁,用一根树枝拨弄着泥土,他看着蚂蚁、蚯蚓和蜗牛,不吃不喝过了一整天。

"我一直没有哭,可是后来,我妈抱着我说了句'没关系',我一下子就落泪了。"

然后就是漫长难熬的"高四"。那时他听得最多的就是马克西姆的《出埃及记》。

"复读时的同桌,一个瘦小的女生,每次做数学试卷都会做哭,她一边哭一边不停地小声念着'数学是我的爱人、数学是我的宝贝'。后来她考上了复旦。"

我忍不住说:"其实高考并不是唯一的出路。"

"可高考是唯一一次不拼爹、不看脸的公平竞争。"

"可是你明明可以靠脸吃饭,偏偏还要靠才华、靠努力。你让那些没颜值、没才华又不肯努力的人怎么活?"

"原来你还挺有自知之明。"

006

卜先森送我的第一个礼物，是沈复的《浮生六记》，他说这是秀恩爱界的鼻祖。

那天我突发奇想要坐新开通的一条地铁线。我们从繁华的市中心上车，地铁往郊区驶去，拥挤的车厢渐渐空了。人不断地离开，在驶出地面、充满阳光的车厢里，只剩下我们俩。

我们面对面坐着，随着车厢摇晃，什么话都不想说，连

微笑都嫌多余。

那晚他在朋友圈发状态：

"或许人生就是这样的吧。从青春到暮老，从喧哗到寂静，从荣光到黯淡，一路过客匆匆，多少人经过我、离开我，等到风景都看透，希望还有一个你，陪我到最后。"

007

我闺密卷心酱的男友是法国人。卷心酱在法国蓝带厨艺学院学习甜点时，认识了MOF君，MOF是指"法国最佳手工艺者"，是甜点界最高殊荣。每次听卷心酱和MOF君对话都很带感，因为她每句话后面都要加个"Chef"（主厨）。

"Bonjour Chef！"

"Merci Chef！"

"Oui Chef！"

有段时间我跟卜先森说话也爱加个"Chef"，他居然不反对。我忍不住问他为什么,他说:"因为听起来很像'谢夫',谢谢夫君啊。"

那时我们还没结婚,所以我一下子就脸红了。

008

卜先森是个很怀旧的人,小时候跟他堂哥关系特别好,长大后渐渐疏远了。过年回老家见了面,两句话不到就冷场了。他低头摩挲着茶杯。我知道他在努力找话题,可惜他向来不善言辞。于是我说:"堂哥,我听说他小时候做过手术?"

那时我才知道,卜先森小时候学习很努力,用脑过度,经常头疼,有次甚至晕了过去。去医院检查是先天性血管畸形引起脑出血,做完手术后他昏睡了两天。

我听得心惊胆战,晚上从后面抱住卜先森。

"你真的没事了吗?血管会不会突然……"

"不会的。"

次日早上我醒来时,发现他用手撑着脸望着我。

我每次醒来都要缓几分钟才能动弹,这几分钟像被点了穴似的,而卜先森就像武侠小说里的轻薄浪子,咬我耳垂,用手指绕我头发,用他的鼻尖顶我的鼻尖,拉扯我眉毛,抓住我的手在他自己身上胡乱地摸,弄得我每次都想报警。

可是那天早上,我睁开眼与他对视,他什么动作也没有,就那么安静地望着我。

009

螃蟹和橙汁不宜同吃,我这个吃货有次忘了,吃了几笼大闸蟹还喝了一大杯鲜榨橙汁,被自己蠢哭,"完了完了!我死定了!"

卜先森也吃了不少大闸蟹,说:"VC(维生素C)没过量,不会死。"

我不信,哭哭啼啼,嚷着要写遗书。

他很无语,"噜咕噜咕"灌了一大杯橙汁,说:"这下不怕了吧?要死我陪你死!"

大多数时候他都是果敢坚毅的,只有一次,他犹豫了。

那是在我们领证前,卜先森问我:"你真的愿意跟我结婚吗?"

我回答:"我这个人很后知后觉,到后来才知道,第一次见到你,我就对你一见钟情。"

"你喜欢我什么?"

"如果一定要有一个理由的话,那么我喜欢你长长的睫

毛。其实如果你的睫毛短一点的话，我们或许还可以做朋友。可现在，我只能喜欢你了。"

"恋爱可以靠感觉，结婚却是要看三观。"

"什么三观？我只看三围！"

他没有笑，表情严肃，却不再犹疑。

走出民政局，我伸出手，"卜先森，请多多指教。"

他的大掌握住我的手，"卜太太，多多指教。"

010

卜先森的父亲辞世前那半年，是他人生最灰暗的时光。

有次我看到站台灯箱里巨大的广告——去西藏。我立刻打电话给他，"要不要我陪你去阿里转山？听说在冈仁波齐祈福很灵验。"

转山风险很大，很多印度人倾家荡产来朝圣冈仁波齐，最后死在转山途中。

可我当时满心想的都是,"我不愿让他一个人。"

结果我反而成为他的拖累,高原反应让我半夜里呼吸困难、心跳剧烈,他喂我吃药,守了我一夜。我们住的客栈很简陋,是通铺,五个男人,只有我一个女孩。卜先森把我护在最左边,一整晚都握着我的手。

在海拔五千米的山上,卜先森和一群教徒叩拜神灵,结束后他哭了。

他说:"我真的好怕,好怕他离开这个世界。"

我永远都记得那一幕,他把脸埋在我的掌心,我抬起头,满天星月都落下来。

011

我们第一套属于自己的房子,卜先森没有请装修公司,而是自己设计,自己找装修、水电和泥瓦工人来弄的。他说自己的家,想要自己弄。

洗面池上的镜子也是他挑选并安装的。

验收成果时,我站在镜子前,发现镜子的高度正合我的身高,脖颈肩膀也照了出来。

这时,卜先森走过来把手搭在我肩膀上。

我看到镜子里的他,局促得要微微弯下腰,才能把头发完全映现在镜子里。

因为我和他有25cm的身高差,所以这面镜子的高度适合我,他照起来却很累。

望着他连日奔波装修而略显疲态的脸,我突然就有点想哭。

012

微博上的小粉丝们给我建了一个后援团,团长叫"后援妹砸"。

卜先森生日那晚,我让他去群里玩,他还没说话,群里宝宝就开始甩语音,各种生日歌。最后齐齐呼唤:"欧巴爆音!欧巴爆音!"一排一排地刷屏。

卜先森这才输入一行字，"我之前貌似在荔枝TV说过话。"群里的宝宝们又哭又笑。后援妹砸说："欧巴，是荔枝FM。"

后来后援妹砸私聊我，"这个梗我们可以笑五年，高冷欧巴呆萌起来，真是要人命！"

她不知道的是，卜先森常常跟我说："你要多去群里陪陪你的小粉丝们，他们大多数是学生，学习压力很大，不停地考试，有做不完的作业，还有不少面临着中考和高考。他们和曾经的我一样疲惫、焦虑、迷惘和寂寞，而你，可以给他们带来快乐。"

013

我有间歇性幽闭恐惧症，因为小时候曾被人不小心关在体育馆。那一晚留下了很深的心理阴影，偶尔还会影响我的生活。

有次我和卜先森坐地铁，望着窗外一片漆黑，我突然就心

跳加快、呼吸困难。我慌忙闭上眼睛，给自己积极的心理暗示。

这时卜先森握住了我的手，他在我耳边说："好点了吗？"

我咬住嘴唇不作声，听他又说："有个办法或许有用，你不要睁开眼。"

他抬起我下颚，吻了我。

那是我们的第一个吻。

卜先森外表看起来很高冷，其实很温柔；内心很敏感，表面上却很无所谓。婚后他告诉我，他其实并非对女生高冷，只是青春期的"异性恐惧症"还在作祟。

"那你怎么不怕我？"

"我怕啊,可是比起怕你,我更怕和你错过。"

014

"卜先森,世界上只有两种女孩,你怎么回答?"
"一种是我老婆,一种不是我老婆。"
"世界上只有两种男人?"
"一种是我老婆的爱豆,一种不是我老婆的爱豆。"
卜先森,给你101分,多一分因为你太耿直,请继续保持!
然而,晚上回去卜先森说:"陪我看《来自星星的你》吧。"
我满口答应:"好啊。"
"你确定?"
"当然确定。"
"不会反悔?"
"绝不反悔。"

结果,我被逼着看了一小时的印尼版"星你",没有对比就没有伤害,我生无可恋。

015

放小长假,我们在上海人民广场看到"国民老公"王思聪,陪三个靓妹抓娃娃,即使被群众围观,思聪老公还是淡定得很,技术也不是盖的,女伴们手里拿着不少。

我跟卜先森说:"机会难得,我上去和他合个影吧,你帮我拍。"

卜先森说:"那我要和那三个妹子合影,你帮我拍。"

心塞,这家伙反应总是这么快!

我们吵吵闹闹时,思聪老公已经转战旁边的奢侈品店。

我说:"要不你也带我去那家店买个包包?"

卜先森扬起手上的生煎包,"你确定要一身韭菜味地走进去?"

我觉得他离我刚认识时的"冰山男"越来越远了……

记得有次,我看了一个催泪广告,竟然看哭了,觉得很丢脸,所以卜先森推门而入时,我慌乱中点开了papi酱的视频,刚好是讲"迷妹"的那期,papi酱说:"我要把自己打扮得漂漂亮亮的,随时准备好嫁给他。"

卜先森发现了我的眼泪，被吓了一跳，"你想离婚就跟我说，没必要背着我偷偷地哭。"

我刚想解释几句，卜先森突然papi酱附体了：

"我知道你嫁给我之后一直很憋屈，你想跟你爱豆买同一个小区，可是我钱不够；你爱豆开全球巡演你想追着跑，可是我拖累了你；有你爱豆主演的电影，我陪你去刷了三次之后，再看就要吐了，所以没有再陪你刷第四次；爱豆的专辑我只给你买了一百张，你只想买爱豆的同款衣服，跟你爱豆穿情侣装，可我总是逼着你跟我穿情侣装；你要拿钱给你爱豆买水军，我还骂你脑残。我不是个合格的老公，但还是很自私地希望你不要和我离婚……"

说好的高冷形象呢？突然好想"退货"怎么办？

016

我问卜先森为什么热衷于赚钱。

他说:"高一时爷爷不小心从楼上摔下来,住了三个月院。后来家里人聚在一起,姑姑突然掰着手指算爷爷治病的钱。当时我回头看了下爷爷,他在盛饭,手抖了下,饭掉到桌上。瞬间我很心疼爷爷。那时家里条件不好,这种难过又无奈的事,我不想再发生。"

我握住他的手,"你小时候受过很多苦,我知道。"

他反握过来,"所以才能遇见你吧。"

虽然我总嘲笑他满身的铜臭味,但当我找工作屡屡碰壁时,他郑重其事地对我说:"如果你不想过朝九晚五的生活,你可以做你想做的自由撰稿人,我养你。"

"可是我爸妈不允许……"

他打断我的话,"我来说服你爸妈。"

伍绮诗的《无声告白》里说:"我们终此一生,就是要摆脱他人的期待,找到真正的自己。"我才不要成为所谓"更好的自己",我只需要成为"自己",不管这个"自己"被外界评判成怎样。

很庆幸卜先森了解我,最难能可贵的是,他愿意帮助我,哪怕与世界为敌。

对很多人来说,婚姻是枷锁,可是,卜先森给我的,是自由。

别拒绝
长大,

反正长大
也不会懂事

CHAPTER
02

017

20 岁,大四,我开始了间隔年。在鼓浪屿的国际青年旅舍做义工。

上岛第一天我就被拉去音乐厅,听一场钢琴和大提琴合奏。

第一次见到的卜先森,穿黑西装,坐在白色三角钢琴后面,微垂着头,手指纷飞。

Adele 的歌,《Rolling in the Deep》,坠入深渊。

很适合形容我当时的心情。

鼓浪屿的义工形成了一个圈子。那一年义工圈里最令女生趋之若鹜的,就是卜先森。因为他总是很拽的样子,冷着一张脸,拒绝了很多女孩。可那时我不知道。

回忆起来,那大概是我人生中最勇敢的一次,虽然后来

被我表妹评价为"色迷心窍",总之,音乐会结束,我主动搭讪他,"嗨!交个朋友吗?"

他瞥我一眼,"不需要。"

很多年后我问他对我的第一印象。

他很抱歉地说:"没有印象。其实那时我有点喜欢那个大提琴女孩。"

"因为她很漂亮?"

"对,仅仅是因为她的外表。很肤浅是不是?"

我无语了,半晌才说:"其实,我做梦都想着有人仅仅因为我的外表而喜欢我!"

018

第二次见卜先森,他穿白衬衣在吧台后用白布擦香槟杯。

我不露声色地走过去看值日栏,果然有名字,我把他的姓氏念成"朴 piao"。

他纠正我,"bu,第三声。"

我不乐意,"是不是多音字?念piao多好,像欧巴的名字。"

卜先森这才认认真真看我一眼,说:"你是90后吧?"

后来我才越想越觉得不对……这话怎么像骂人的呢?

"你当时怎么就那么不待见我?第一次拒绝我,第二次骂我。"

说这话时,我正坐在他大腿上看《太阳的后裔》。

宋仲基问宋慧乔:"你要和我分手吗?"

宋慧乔流着泪说:"我在想,你是不是我能承受的男人。"

这时卜先森冷不丁地说:"我在想,你是不是我能承受的女人。"

我吓了一大跳,站起来转过身,"什么意思?想离婚?"

他一把将我拉回到他腿上坐着,"我是说,你越减肥越重了。"

019

鼓浪屿的笔山公园,白天是荒废的游乐园,夜晚无比阴森。当时我参加一个"试胆大会",一男一女晚上十点去公园自拍。结果那晚我搭档爽约,我想往回走,一阵阴风吹过,好像有人在呜呜地哭,我吓得心脏骤停,蹲下来,哆嗦着手打电话求助。

手抖得太厉害,不小心打给了卜先森。

正要挂掉,他已经接起了,"喂?"

应该是睡了,声音有点迷糊,微微沙哑。

"我在笔山公园,好吓人,你来接我好不好?"

其实我当时跟他不熟,只见过两次而已。他也不可能存了我号码。

可他很快叫出了我名字。

我眼泪一下子流了出来,哭喊,"我会不会死掉啊,快来救我!"

他没回答,也没挂电话。然后我听到电话那头急促的呼吸声。

他在奔跑。

直至今日我还清晰地记得当时他的喘息声。当他跑到我面前时,我站起身,因为蹲太久,没站稳,直直往他身上倒去,眼泪鼻涕糊了他一身。

后来他问我:"你当时怎么有我的手机号?对我觊觎已久了吧?"

我反问:"你当时怎么一下子就听出我的声音?对我觊

觑已久了吧?"

其实我内心很后怕。如果当初没有不小心打了他的电话,我们是不是根本走不到今天?

失之毫厘,谬以千里。

我是幸运的。

020

我和卜先森真正熟悉起来,是在盛夏时节。我打工的旅舍的制冰机坏了,每天都要去卜先森打工的咖啡馆借冰块。那是一天中我最快乐的时间。

尽管太阳很晒,皮肤发红脱皮;尽管街巷狭窄,而游客很多。拖着冰桶、顶着烈日、穿梭在熙熙攘攘人群中的我,即使被游客冲撞了下,也会下意识地傻笑。

爱或许很复杂,喜欢却很单纯。

喜欢一个人就是:一想到他,就会不自觉地微笑。

那天我到卜先森面前时浑身汗津津的,感觉自己就快融化了。他冷冷地瞥我一眼,什么也没说,转身给我做了一杯杨枝甘露,加了三个冰块。

冰块被"咚咚咚"地丢进杯子里,我的心,也跟着沦陷了。

结婚后有次吵架,他竟然给我做了一碗杨枝甘露。

我怀疑地说:"是不是西柚和杧果快坏了?"

他冷着脸说:"爱吃不吃!"

我犹豫片刻,还是吃完了。

他嘴角勾起掩饰不住的笑意,"其实那是我吃剩的半碗。"

晚上吃饭时,我难得勤快地去盛饭。

卜先森吃完了才觉得不对劲,"这米饭怎么有杧果的味道?"

"我直接用那个碗给你盛的,没洗。"

021

厦门人说闽南话,闽南话非常轻柔。在鼓浪屿的那一年,

我受当地人的影响，语速变慢、语气也柔和了不少。卜先森曾说，那时觉得我是一个很温柔的女生。

后来他看清了我的本质，"难怪当初那么着急地嫁给我，怕我发现你真面目吧？"

有次我在广州看李易峰演唱会，卜先森说："北京太冷，你在广州多玩几天吧。"

"不要，我们分开这么久不好。"

"你觉得我没有你就活不了？"

"不，我是怕你一个人待久了，发现没有我你过得更好。"

022

不记得那阵子发生了什么事，我突然就郁闷了，郁闷得想放纵自己。于是去了酒吧，和一大堆义工窝在阁楼上喝酒。有人抱着吉他弹唱，有人抽烟，有人沙哑着嗓子唱歌，有人拥抱接吻。回想起来，那时错乱迷离的气氛，大概就叫青春吧。

我那晚喝了很多,路都走不了,男生们只好背我回去。

义工宿舍都在山上,很高,要爬很多石阶,平时走都能把人累得半死。背我的男生很瘦,我当时的体重又达到了巅峰。

所以他喘着粗气,用非常嫌弃的语气说:"你太胖了!我背不动了!"

一个女生被嫌弃很胖,真是很受伤,尽管我当时大脑迷迷糊糊的。

我差点要哭了,这时,不知从何处冒出来的卜先森开口了,

"那我来吧。"

他应该是值夜班，刚下班回宿舍。

男生像扔烫手山芋似的把我丢给卜先森。

平时卜先森很特立独行，很少管别人闲事，所以他这突然的插手，让不少男生恍然大悟，还有人吹暧昧的口哨。可他不为所动。

我当时已经喜欢上卜先森了，知道自己太重，不想被喜欢的人嫌弃，所以本能地拒绝，拼命想从他背上滑下来，"我自己走自己走。"

可是，他反手把我夹得更紧，声音不容辩驳，"别乱动。"

可能因为他的背太让人安心了，那晚的结局是，我在他背上睡着了。

023

我常常跟人说，间隔年那一年，是我人生最美好的时光之一。

虽然我当时体重120，发型非主流，但到底年轻，满脸的胶原蛋白，满腔的赤诚天真。

每当有义工要离开海岛，我就大半夜不睡觉，和一大票来自五湖四海的小伙伴在海边溜达，吹着海风，喝着啤酒，唱着歌，当作饯行。

那时的我们，很丑，很穷，很敏感，很矫情，很激烈，但是，真的，很快乐。

送行最后，我总会哭得稀里哗啦的，一再刷新自己泪点的最低值。所以卜先森要走时，他一看到我就说："别哭。"

约定地点是龙山洞上面的小森林。我到了之后才发现他只约了我一个人。

我们跳上几块摞在一起的巨石，爬上一条铁迹斑斑、颤颤巍巍的铁梯子，瞬间豁然开朗。

他说："这一年，我经常一个人在这块石头上看日出。"

我听说过他经常早起晨跑，原来是跑到这里来看日出。

我们并肩站在巨石上，吹海风。我问："你为什么来鼓浪屿过间隔年?"

他反问:"你呢?"

我开玩笑,"为了遇见你。"

他瞪我。

我笑了会儿,就笑不出了,"我是不是再也见不到你了?"

他不回答。于是我也不再说话,黄昏的风拂面如醉,我们俯瞰着岛屿和海洋。

024

后来我问卜先森,他什么时候开始喜欢我的。

"当我在北京又遇见你的时候。"

21岁的夏天,我参加一次豆瓣线下聚会,和原以为再也无法见到的人,重逢了。

我都快被命运感动哭了,卜先森却淡定得很。

一群人玩三国杀,他手上的英雄是大乔,大乔有个技能,方块牌都能当乐不思蜀用。于是他一直给我乐不思蜀,整局下来我一直没法出牌,全程打酱油!

满桌人都发出心有灵犀、暧昧的"啧啧"声。

聚会结束后,我忍辱负重地跟他搭讪,"我大学毕业了,刚到北京。"

他说:"我也刚到北京。"

"你换北京号了吗?"

"还没有,"他说,"我明天去买手机卡,顺带给你也买一张?"

我还傻乎乎地表示感谢。

后来我才知道,他当时买的是情侣卡,前面的号码一样,他尾号是0,我尾号是1。

025

周末我去游泳,卜先森给我送手机卡,他坐在救生员坐

的高高的台阶上，看我游来游去。

我不知道他是在发呆，还是在看我。于是灵机一动，扎到水里不出来。

我憋气很厉害，可还没展示我的高超技能，"扑通"一声，他就跳下水来，一把将我捞上去了。

他知道真相后气得半死，掉头就走。

我追了他半天，看他没影了，只能放弃。

路边有人卖豆浆，我走过去买，突然手腕一紧，不知从何处冒出来的卜先森抓着我就走。

"你、你、你、你干吗呢?"我小跑着才能跟上。

他冷着脸说:"不许喝转基因豆浆。"

026

卜先森来北京工作后,每周末都风雨无阻地开车去怀柔农民工子弟学校支教。

他从小到大都是学霸,提到他中学时代,我会自动脑补出三十万字的青春励志言情小说。

有次我陪他去支教,突发奇想说:"我以后来当你们语文老师啊!"

我没听到幻想中的"好耶",反而有个小学生跑来问我"罄竹难书"怎么写。

我接过笔,用笔戳了纸半天,快要把纸戳破了,也没写出一笔一画……

在我尴尬无比时,卜先森走过来,从后面握住我的手,

在纸上写下端端正正的"馨"字。

那是我第一次看他写的字,非常令人心动。

027

我那时是北漂,房租很贵,工资又少,完全是吃土少女,不,吃霾少女。

买衣服只能去优衣库,有次约了卜先森一起。在试衣间

里拉链拉不上,只能喊他进去。

我第一次觉得他也没那么瘦,他一进来,试衣间的空间就少了大半。

还没来得及感受暧昧,我头发就被卷进拉链里,痛得我大叫:"放开我!疼死啦!"

帘外传来偷笑的声音。

"别叫,外面的人会误会的。"他压低声音。

然而已经来不及了,我们走出试衣间时,一起接受了一干群众的注目礼。

后来优衣库不雅视频火起来,我发给卜先森看。

他不知在想什么,脸突然红了。

028

我从小就叛逆,经常和父母吵架。爸爸第一次来北京看我,不知怎么又吵起来。最后他扬起手,"啪"地打了我一耳光。

我爸说话做事很冲动，我性格随他。他打了我，其实比我还难受。

可当时我委屈极了，摔门而出。冒着大雨去找卜先森。

在北京初来乍到，卜先森是我唯一的依靠了。

晚上十点，他来接我，刚下过阵雨，出站口是大摊大摊的水，乘客只能踩着长木条出站。我走得摇摇晃晃，突然感觉手被握住了。

那是卜先森第一次牵我的手。

爸爸的电话很快打过来，我挂了好几次，他还在打。卜先森抢过手机，帮我接了。

他接通后直接递给我。

我想躲开，他瞪我，眼神非常强势，最后我败下阵来，乖乖接过电话。

那晚我霸占了卜先森的床。半夜我在噩梦里痛哭尖叫着惊醒，发现他坐在床边握着我的手。窗外的月光落在他身上，那么静。

我有点不好意思，"吵醒你了。"

他温柔地看着我,"反正睡不着。"

本来想问他为什么睡不着,可他的眼神已经给出答案。

我突然就觉得,这个男人,比月光更迷人。

029

我在街头偶遇鼓浪屿的义工小伙伴,她不知道我已经成为卜先森的女朋友。我们聊了很多往事,她突然提到卜先森。

"我们咖啡馆不是还有西餐厅吗?我和他被派去当 waiter(服务员),有次来了一对情侣,男方点了一份牛排套餐给女方,自己只喝白开水,大概是饿,悄悄地掏出馒头来吃,怕我们餐厅不能吃外卖食物,动作偷偷摸摸的,看起来很令人心疼。"

"然后呢?"

"然后卜先森自作主张,走过去说:'先生,您是我们店第一百名客人,我们买一赠一',然后自己掏钱送了他们一份牛排套餐,那对小情侣高兴坏了。女方好像当天过生日。

我想那应该是他们过得最棒的一个生日。"

我听她的语气,觉得她或许对卜先森有点意思。

果然,"卜先森在我们义工圈是出了名的孤僻冷漠,可是通过那件事,我知道他内心是善良温柔的。我想我喜欢上了他。有一次我邀请他去游泳,他说他不会游泳。为表示歉意,第二天请我吃了冰淇淋。后来我无意中得知,他其实很擅长游泳。那一刻我就知道,他是在拒绝我,以那种很委婉很温柔的方式拒绝了我。"

我笑了。

她继续陷入回忆和怀念之中,"我离开鼓浪屿后,再也没有和他联系过,也不知道他怎么样了,身边有没有一个温柔的女朋友。我希望他的女朋友,不用太漂亮,但是要懂他。"

"懂他?"

"对,他总是很沉默,生硬得像个石头。可是我知道,他是一个非常柔软的人。"

嗯,我也知道。

030

卜先森刚到北京时，就职于一家很大的IT公司，食堂比高校食堂还大。

我经常去蹭吃蹭喝。我们拿着盘子排队打菜，打完之后在出口刷卡，然后坐在四人桌椅上面对面吃，一恍惚就感觉像回到了学生时代。

吃完了要把盘子送到收集处，把剩菜倒掉，再把盘子放到收集架上。第一次的时候我不懂流程，卜先森就一一帮我完成。

他把盘子倾斜着，用筷子一点一点地把我吃剩下的辣椒片、姜末、蒜蓉等残渣扒到垃圾桶里去，他很仔细，连盘子上的细小鱼刺都不放过。

我在旁边看他认认真真扒弄残渣的样子，突然觉得很心动，那天晚上我就表白了。

刚和卜先森在一起时，有天晚上我给他打电话，"怎么办？我睡不着。"

"我也睡不着。"

"那我们太有默契了!"

"才不是。我是因为想你,你是因为睡了一个下午。"

031

有段时间我们异地恋,他给我打电话,我说我在世贸天阶。这里有人造天空,就是天幕。我们可以发短信到天幕上,很浪漫。

Es Muss Sein

半小时后他让我抬头看天幕。

我抬头一眼就看到我的名字,后面跟着简短的一句话。

"我爱你,Es Muss Sein。"

后来我问卜先森,Es Muss Sein 是什么意思。

他说是德语,翻译成英文是 It Must Be,翻译成中文是"非如此不可"。

来自于米兰·昆德拉的《生命不能承受之轻》。

"那你那条短信是什么意思?我爱你,非如此不可?"

他纠正我,"我爱你,这是命运。"

032

大雪天,我们在什刹海堆雪人。卜先森朝我扔了一个雪球,"来不来打雪仗?"

我摇摇头,突然没了兴致。高一那年,湖南罕见地下了场大雪,我穿过操场雪地时看到同班一个男生,开玩笑地朝

他扔了一个雪球,他转过身说:"丑女多作怪!"

此后我再也没有和任何人打过雪仗。

后来在微博上看到一句话,"男生说你丑的意思就是还可以,因为一般遇见真丑的,他们是不会和你说话的。"

其实那个男生经常帮助我,或许那天他心情不好,或许他只是开玩笑。对他来说或许是微不足道、转瞬即忘的小事,对我来说,那阴影直到现在还存留。

我把这些话告诉卜先森,他轻轻握住我的手。

"我怎么做,才能帮你淡忘那件事呢?"他想了想,突然跳起来大喊我的名字,"在我眼中,你是世界上最美的!"他一连喊了三遍,所有路人看他的表情都像在看智障,在惊动巡警之前,他拉着我的手腕,狂奔逃离。

真的,有时候觉得,卜先森毁了我对傻B容忍的能力。

谁说追星就脑残？

爱豆面前我无脑

CHAPTER 03

033

我喜欢 EXO（韩国男子演唱团体）比喜欢卜先森的时间还长。每次我躺在床上流着口水看他们的 showtime，卜先森都嗤之以鼻，冷哼一声，背对着我先睡。

我一直以为他不喜欢我追星，直到那天我妈看到我手机上的屏保，问我是谁。

卜先森答曰："朴灿烈。"

我呆了半秒，拿出 EXO 海报，一个一个指着问他名字，结果这货把当时 12 个的名字全说了出来！我瞬间石化，"你怎么把欧巴的名字记得这么清楚？"

他傲娇地说："情敌的名字能不记清楚吗？"

我们的蜜月是在首尔过的,到了仁川机场,卜先森突然说:"其实你是来追星的吧?"

我做贼心虚地瞪他,"不行啊?谁规定蜜月不能追星了?"

他认真思索了下,"好像没有这个规定。"

于是蜜月里,卜先森陪我在 SM 大楼蹲点,我枕在他膝头睡觉,让他盯着后门,有动静就叫我。他一夜未眠,第二天我打着哈欠醒来,看到他满眼的血丝。

次日我们去狎鸥亭玩,都说容易偶遇艺人。我发现卜先森悄悄背着我把一句韩语练了好久。后来他才告诉我那句话的意思。

"我妻子是您粉丝,您能给我签个名吗?"

我干笑两声说:"吴亦凡、鹿晗、黄子韬、张艺兴他们都是中国人,你可以说国语。"

035

蜜月最后一晚我们在济州岛。

大姨妈提前来了,我和卜先森大半夜下楼去便利店,店员听不懂英语,卜先森比画得满头大汗。店员突然灵光闪现一般递来一个小盒子,上书"杜蕾斯"。

到货架上找姨妈巾时,我还在笑,卜先森回头喊了两句,"笑够了没有?"

可我笑点太低,根本停不下来。

最后他脸一黑,长腿一迈(没有长手一伸是因为他正好在选东西,手恰好伸在我旁边),直接把我"壁咚"了。

我边笑边指了指摄像头,"便利店可有监控的哦,先生自重哇!"

他忍无可忍地俯下身,用唇堵上我的嘴。

结束后他开口,"监控又怎样?我兜里揣着结婚证!"

036

我的闺密"泡菜小姐",喜欢在朋友圈发爱豆照片。

别人评论:"我觉得长得一点也不好看啊。"

她回:"至少比你好看。"

评论:"你为什么每天都发你爱豆的照片?"

回复:"你为什么每天都发你的自拍?"

评论:"不明白'棒子'有什么好喜欢的,我喜欢欧美男模,

觉得他们自带一种高贵气息。"

　　回复:"我觉得你自带一种傻B气息。"

　　评论:"你不要太迷恋一个偶像啦。"

　　回复:"难道要来迷恋你?"

　　她韩语六级,帮我办了"五年签",经常和我来一场说走就走的追星之旅。

　　那晚我收拾衣服,顺带通知卜先森,"明天去首尔,看BigBang演唱会。"

　　"什么时候回?"

　　"后天。"

　　"大后天赶去东京看EXO?"

　　"没错。"

　　"你怎么不直接从首尔飞东京?"

　　"说得对,那我就不回北京了。"

　　他抓起我没吃完的那包"张君雅小妹妹",在嘴里嚼得咔咔响。我这才反应过来,放下行李包,把手搭在他肩膀上,"你生气了?"

他把我的手挪开,"每次分开,你都是这种无所谓的样子。"

我当时脑子一定进水了,"我没有无所谓呀,我很开心很兴奋啊。"

他的脸瞬间黑了,"你信不信我把你关在家里?"

"好呀!霸道总裁爱上我什么的最带感了!雨夜里我光着脚逃跑,你开车追上我,然后把我抱上车,邪魅一笑,语气森冷,说'这辈子你休想逃脱我的掌心,我要让全世界都知道,你这磨人的小妖精被我承包了'……"

"你还是去看演唱会吧,总比看雷剧好。"

"康桑密达!撒浪嘿!"

"不过,不能直接飞东京,先回来住一晚。"

037

我妈老说我带坏表妹一起追星,不务正业,我就对表妹说:"我给你讲一个正能量的故事吧。一个延边朝鲜族的农村姑娘,如何成为韩国一线明星的御用翻译。"

故事的女主角,是泡菜小姐的前辈,她因为成绩优异,被选中去首尔大学中文系做交流生,刚到学校,她用带着浓浓延边口音的韩语自我介绍时,班里一下子炸开了。毫不掩饰的鄙视眼神,加上各种脏话,就像污水般朝她扑来。

首尔大学的课业很国际化,有大量课外实践,可是没人愿意和她一组,她只能咬紧牙关,一个人完成五个人的量,完成得很好,可是分数很低,因为她没有teamwork(合作协力)。

门门拿D,没有奖学金,她只能四处打工。因为口音问题,没人相信她是首尔大学的,都怀疑她是朝鲜偷渡过来的,好几次被带到警察局问话。

表妹打断我,"这么'知音体'真的好吗?直接说她怎么做同声传译的吧。"

一年交流生结束之后,女主角回到中国,时机来了,当时很红的裴勇俊来中国做宣传,需要一位翻译,流利的首尔口音,让她脱颖而出。

表妹说:"明白了明白了,要多努力,才能看起来毫不费力。"

我觉得我不搬出泡菜小姐的经典语录，根本镇不住我表妹。

于是我说："不要为自己追星而羞耻。我们喜欢的人真的很棒，值得我们喜欢。他们十多岁就开始残酷的练习生涯，出道后还面临各种竞争，他们膝盖的伤，手心的茧，汗湿的残妆，都不允许我们因为喜欢他们而感到自卑！"

表妹难得没有插嘴，乖乖地听完了。

可是我妈又来找茬，"搞了半天，你还是没说服你表妹，别去黄花机场接机！"

038

2014年2月14日，卜先森陪我在上海，参加李钟硕粉丝见面会。

门口有黄牛兜售二硕的签名照，我去卫生间时，卜先森买了一张。

我很惊讶，"你不怀疑这是假的吗？"

他很淡定,"我怀疑啊。"

"怀疑还买?"

"万一是真的呢?"

那年情人节,我收到了比999朵玫瑰更珍贵的礼物。

039

卧室贴满爱豆海报,夜半看视频发出狼外婆般恐怖的笑声——体内追星的洪荒之力被调动出来的我,的确看起来很脑残。卜先森肯定也是这样认为的。

然而——他生日我随手给他剪了一个祝福视频,他尚能掩藏他的惊讶。

帮他好基友PS了照片,他还能假装若无其事。

在我给视频做花样字幕和时间轴的时候,他终于忍不住问:"你还有什么隐藏技能?"

我嘚瑟地笑,"你看,追星也不是一无是处。它也能让

我们成为更好的人。"

他无奈扶额,"你的爱都给了你的爱豆,我对你来说可有可无吧?"

"怎么会?你永远是我的ATM机!"

040

《继承者们》大火的那阵子,卜先森去首尔出差,给我发了张紫色风铃的照片。朴信惠独自望着紫色风铃追忆往事时,透过橱窗的反光,看到李敏镐含情脉脉的凝望——看得人少女心爆裂的场景,我跟卜先森说过无数次。

"我在安国洞等客户,看到这个橱窗,顺带拍的。"

"你就不能承认,你是特意为我去的?"

"我真的是在安国洞等客户。"

两天后他又发来一张大峙洞咖啡馆的照片,金宇彬为朴信惠包场的地方。

"今天客户约在这家店聊事情。"

"客户如果知道你天天这样利用他,分分钟把你拖黑!"

041

今年四月,杨洋在希腊为里约奥运会传递圣火,我和卜先森也在安提里翁大桥上。结束后大暖男杨洋让"羊毛"们也上了车,杨洋坐在靠窗的位置上,静静地望着窗外的科林斯湾。

卜先森问我:"这么难得的机会,怎么不去要个签名?"

我说:"我不想打扰。我就喜欢他此刻,清清冷冷的样子。"

回酒店后我说:"小时候喜欢流川枫,现实中最符合那个人设的,就是杨洋。"

卜先森问:"那我最符合你心目中哪个二次元人物?"

我想了想说:"《夏目友人帐》里的夏目贵志。"

他顿时松了口气,"幸好不是蜡笔小新成人版。"

042

我和鹿晗同年同月生,他比我小十七天。

卜先森送我的生日礼物,是陪我去给鹿晗过生日。

我们提前一天抵达上海,排队买鹿晗联名的包包,工作人员给"麋鹿"们分发小鹿饼干,还有写着LuHan的纸杯。后来人多拥挤,我手中的LuHan纸杯被挤掉了。那天我们还去了很多地方玩,夜深了回旅馆,我才发现卜先森始终小心翼翼地拿着他的那个纸杯。

他手心的汗,让纸杯有点濡湿。

即使在等我等到低血糖快晕过去时,他也没有吃我的小鹿饼干。

次日,我们又是漫长的排队,为了外滩那个曾和鹿晗合影的鼎鼎大名的邮筒。队伍从街头到街尾,只是鲜有男生,卜先森高大的身影很扎眼。

几个女生来搭讪,"Hello,你也喜欢鹿晗?要不要加个微信?你有女朋友吗?"

他淡定地扬了扬手中的婚戒。

晚上,那个戴着婚戒的手,在网上帮我抢"网红邮筒小鹿形状明信片",可惜没抢到。次日我醒来,他已经不在,打电话过去,他说:"我在邮局排队,这边还有限量九百张。"

043

我没有恋物癖,但也有些年代久远的收藏。譬如初中时,英语老师组织我们听写，写完后相互批改，当时给我批改的是我暗恋的那个男生，他英文花体写得很漂亮，那张从作业本上撕下来的纸，我一直舍不得丢。后来被卜先森整理收纳时，翻了出来。

晚上他问我："你还记得那个男生吗？"

"不记得了。"

"你确定？"

"我确定。"

"他长得像你哪个爱豆？"

"井柏然。"

"还说不记得！"

一提爱豆就脑子死机，该怎么破？

044

刷微博看到吴亦凡换了新发色，我想去买染发膏，可我支付宝没钱了,只能求助"金主"。

"老公,我要染一小撮白色呼应爱豆。给我打点钱。"

"钱钱钱……够了吗?"

"……你不打是吧?那我今晚不回家,去机场熬夜接机。"

"为什么又要去接机?挤死了,难道看一眼你爱豆就会怀孕?"

我把手机一扔,半天不搭理他。

晚上我下班时,他微信红包发过来了,名称是"老婆,我错了,回家吧"。

045

今年春天在燕郊买了套房,当时北京开两会,过白庙桥进京有检查站,武警看了我俩身份证问:"你俩什么关系?"

当时我们正冷战,异口同声,"不认识。"

"不认识怎么搭一辆车?"

又异口同声,"拼车!"

武警笑了,"你们是情侣吧,这么有默契?"

燕郊买房子人山人海,大家好像不要钱似的疯抢,差点出踩踏事故。

卜先森熟练地把我围在怀里往前挤。

销售小弟狐疑地问:"您怎么动作这么娴熟?"

卜先森回:"你陪你女朋友接几次爱豆的高铁和班机,

也会这么娴熟。"

046

我想去布拉格完全是因为电影《有一个地方只有我们知道》。

卜先森在电脑前埋头查攻略,问我:"圣维塔大教堂去吗?"

"不去,吴亦凡又没去。"

"佩特兰眺望塔?"

"不去,吴亦凡又没去。"

"斯特拉霍夫修道院神学图书馆?"

"不去,吴亦凡又没去。"

卜先森气得把鼠标一摔,"那干脆别去了!"

我自觉理亏,凑到屏幕前,"可以去查理大桥、列侬墙、布拉格广场……"

结果我对那些景点也不太感兴趣,最喜欢的反而是布拉格街头小吃"肉桂卷"。发酵好的面团缠绕在木棍上,炭火烤好,

裹一层肉桂粉，撒些磨碎的坚果和糖霜，美味到哭！

"吃吃吃，就知道吃！"

卜先森嘴上嫌弃我，可每次看到卖肉桂卷的，都会主动为我排队。

从布拉格回来后，我买了个炭火烤炉DIY，结果一不留神，炭火烧上沙发旁的地毯……

后来有人问："谁把你家地毯烧成这样？"

卜先森语气很冷地说："吴亦凡。"

047

去年春节看春晚时被王俊凯"腿"了一脸，迫不及待地去测量卜先森的腿长。

然后迅速发微博："105cm，算长吗？在线等。"

很快被回复扇了两耳光。

"105cm还好，毕竟李敏镐、吴亦凡的腿都是115cm左右。"

"我们班有男生身高178cm,腿长115cm。"

瞬间很嫌弃"短腿卜",还想去呼吁下未婚少女,"嫁人不能只看身高,还要看腿长啊!"

卜先森看到后,逼着我再发一条微博:"卜先森的肚脐到脚后跟是113cm,上身70cm。黄金分割是指整体一分为二,较大部分与整体部分的比值等于较小部分与较大部分的比值,比值约为0.618。卜先森比值为0.617和0.619。"

发完之后我说:"智商欠费看不懂肿么破?"

"总之你记住,你老公很完美就好了。"

048

我和卜先森去电影院看过的电影中,记忆最深刻的是《等风来》。

后来我们特意去尼泊尔体验了一把滑翔伞。在加德满都住的旅馆,没有空调,老式风扇噪音很大,卜先森去找老板,结果老板特淡定地说:"这批风扇就是你们中国产的。"

在博卡拉起飞前还是很害怕,抱着卜先森有种生离死别的感觉。

"我要是挂了,你一定要给我烧杨洋、吴亦凡、鹿晗的人形牌!"

最后卜先森决定他先跳。

我拍拍他肩膀,"你要是挂了,我一定给你烧我的人形牌!"

049

卜先森对权志龙路人转粉丝,是因为一个视频。视频里的小男孩说:"我叫权志龙,今年八岁,我的梦想,是做一个最棒的说唱歌手。"

"八岁的梦想能坚持到现在,真的好了不起。"我感叹,"你小时候的梦想是什么?"

他说:"小时候我想成为一个钢琴家。可是家里条件不允许，没办法请老师。大学时我靠打工赚钱买了一台钢琴自学。"他顿了顿，问，"你童年的梦想呢？"

"不记得了。"

"那你此刻的梦想呢？"

"嫁给权志龙。"

"卜太太，信不信我告你重婚？"

050

我表妹有段时间特别痴迷陈翔，而我更喜欢杨洋。《旋风少女》播出后，我俩为了"高冷大师兄若白"和"霸道总裁方廷皓"差点大干一场。

那年春天我因为身体原因在湖南休假，卜先森常常陪我去梅溪湖公园。

那天我们刚走到围湖的木栈桥上，就听到一伙人发出尖叫，顺着尖叫声望去，一辆银色保姆车上走下来一个戴着墨

镜的男子。

我脑子差点死机,直到粉丝们齐齐喊道:"杨咩咩!杨咩咩!"我才反应过来。

后来我才知道,梅溪湖公园是《旋风少女》的取景地之一。而我当时碰巧赶上了。

我都忘了自己身体状况,拼命朝人群挤过去。卜先森早领教过我追星的狂热,他知道拦我不住,只能到前面帮我挤出一条血路。

可惜还没挤到前面去,杨洋就已经走了。

我都要哭了,"我好想要他的签名啊!"

卜先森想了想说:"那我去问问那边的工作人员,花点钱,让他们给我看看通告表。"

通告表上会有时间地点和参演人物,到时候去探班就可以见到本尊。

我朝卜先森点点头,他就急忙去追那个胸前戴着工作牌的工作人员。

梅溪湖公园很大,自行车是常见的交通工具。那个工作人员正骑自行车走，卜先森喊了几声，对方没有应答，他就只能追着自行车跑，边跑边喊。老实说，他这幅形象一点也不符合男神的设定，甚至有点蠢萌，可我当时感动得不得了。

他追上工作人员，看了通告表后，气喘吁吁地跑回来时，衬衣后背都湿透了。

他喘着粗气跟我说："明天在恒大雅苑，下午三点有杨洋的通告。"

我想了想说："恒大雅苑啊？那么远，算了吧。"

可他说："听说去当群演，有可能要到签名。"

我摆摆手说："算了算了。"

没想到，次日我午睡醒来，卜先森已经不在家了。我打电话过去，他说："你醒了？我在恒大雅苑。马上要上场了，当群演，就是在一个跆拳道比赛的观众席上举起牌子呐喊助威。"

我半天说不出话来。

"姐夫到底要到签名了吗？"后来讲给我表妹听，她听到这里，打断我。

"没有。"

表妹满脸鄙视地"切"了一声,"听你讲这么久故事,浪费我时间!"

人山
人海里,

我们是逆流
而上的鱼

CHAPTER
04

051

有一年高考季,我和卜先森谈到高三的话题。

"我成绩好,不是因为天赋,从来都是靠努力。"

那一年他真的拼尽全力了。为了提神,咖啡当水喝,风油精往太阳穴上倒,大冬天嘴里含一块冰,甚至用手掐胳膊,以至于胳膊上青一块紫一块。

他说:"我永远不会忘记,高一那年我有次因为生病考砸了,要从重点班调到普通班时,我父母提着大袋的特产,满脸堆笑、低声下气地求我班主任网开一面。那时我发誓,我绝不会让他们一把年纪了,再为我低三下四地到处求人。"

"那段日子很辛苦吧?"

"年轻的时候,我们没资格要求安逸。"

说这些话时,他眼睛闪耀的光辉,令我心动。那一瞬,我想我终于可以说，我不仅仅是因为他的外表才喜欢他。我心疼他，不过，我更加敬佩他。

052

我和卜先森第一次一起旅行，去的是日本，在一家温泉旅馆里吃怀石料理。

"八寸"还没吃完，卜先森电话来了，他站起身走到一边去接。怀石料理，是由穿着和服的"女将"先把前一道菜的餐具撤掉，再上下一道菜。

我早就吃完了，旁边的"女将"一直跪在榻榻米上，等卜先森打完电话。

结果他打了十多分钟都没结束。于是我走上去拍了拍他的肩膀，催促他快点。

大概是工作上出了点问题，他皱着眉头，正烦着，朝我挥挥手。

我回到矮桌旁，"女将"对我投来同情的目光，那一刻我真的很委屈。

那一天我都和他冷战，觉得好不容易出来玩一趟，他还一直在工作。

他觉得我很无理取闹，"我不工作哪有钱供你一顿饭花掉一两千？"

大吵了一架。

在成田机场，我们差点就应了日语里那句"成田分手"。

可是在提分手之前，我突然回忆起一个画面。

刚认识的时候，我们都很穷，租住在一个单间，没有空调，蚊帐里大半夜进了蚊子，我把他推醒，他揉着眼爬起来打蚊子，开灯前先用毛毯遮住我的眼睛。

等我习惯光线后，我拿开毛毯，看到他站在床上，仰着头寻找蚊子，表情很认真。

那时我们连餐桌都没有，把电脑桌架在床上吃饭，回忆起来，恍若隔世。

于是在成田机场，我主动向他道歉，"对不起，我太作了。"

"没关系,"他说,"和你在一起之后,我不敢犯错,每一步都走得很谨慎。而我之所以这样如履薄冰,也不过是因为,我想让你过得更自由、更任性、更作一点。"

我竟无言以对。

053

最艰苦的岁月里,大雪天我们在公交车站等车。

刚吃完火锅,胃很暖和,手却很冷。卜先森也是。

"你等我一下。"

他去旁边COSTA买了一杯咖啡,递给我。

我知道这一杯很贵,有点心疼,"刚喝了好多汤,喝不下咖啡呀。"

"暖手。"他把热纸杯塞到我手里。

那时我们真的一无所有。我每天加班,赶末班公交车回家,因为太困,在公交车上睡着,醒来已经是终点站,晚上十点,荒郊野外,必须要走很远才能打到车,我害怕得直哆嗦,给卜先森打电话,还没通,手机就没电了。

那是我最无助的时刻,忍着泪水咬着牙走在昏黄路灯下。

当卜先森骑着自行车出现在我面前时,我的眼泪夺眶而出。他抱了抱我,让我坐上后座,递给我一个蔓越莓可颂面包。我看了看标签,又想哭了,"怎么买这么贵的?"

他没有解释,只是连说了三声"对不起,对不起,对不起"。

054

真正的吵架也是有的。那年卜先森的公司搬到南面去，他住在员工宿舍，经常加班。我长途奔波去看他，难免脾气不好，而他工作压力大，也没有好情绪，于是常常吵架。

"我都这么辛苦跑过来了，你就不能体谅一下吗？"

"既然这么辛苦，以后就别来了。"

"你根本就不想见到我是吗？"

"我的意思是，你这样来回跑太辛苦。"

我气得很长时间没过去看他，而他竟然也没来看我。原本热恋的情侣，有一个月没见。

只是有时雾霾严重，他会发微信，"记得戴口罩。"

有时降温，"明天多穿点。"

我爱豆出单曲了，"听了吗？"

追的剧更新了，"有没有看呢？"

我一律不回。

那时我在律所上班，有天跟律师出庭，前头有个经济纠纷的案子还没结，门半开着，我看到被告席上一条熟悉的身影。我怀疑自己的眼睛。

可分明是他。虽然瘦了好多。

原来他不光工作上出了问题，还官司缠身。

休息时我小跑着追上他，"为什么不告诉我？"

他转身立定，看到是我，说不出话来。

我深呼吸几口，"最坏的结果是什么？"

"三年。"

我觉得胸口被什么狠狠撞击了下，站立不稳，扑上去把脸埋入他怀里。

他怎么能这样瘦，身上的骨头硌得我生疼。

我眼泪不停地流，打湿他的衬衣。他轻拍着我的肩膀，说些安慰的话语。

可我都听不见，我只听见自己的声音突然响起，打断了他的话。

"我们结婚吧。"

055

我向卜先森求婚是在法院空无一人的走廊上,可他拒绝了我。

他还没来得及跟我解释,就和他的合伙人去了巴黎。

一点也不浪漫,甚至非常狼狈。

那时他住在巴黎十一区,三天两头遭遇剽窃或抢劫。最可怕的是有一次他正和我通话,手机就被歹徒抢走了。我在电话里听到他的痛呼声,吓得浑身发抖,很快电话断了,我没办法联系他,心慌意乱,一晚上没睡着。

次日他来了电话,"我没事,只是被人从后脑勺用木棍打了下。"

我心惊肉跳,"快去医院检查啊!"

"现在法国的医生都在休假,这几个月是不能生病受伤的。"

我听着就哭了,"怎么会这样?"

"不会有事的。"他的声音很温柔,"我小时候脑子里

血管出过问题,说不定这么一打,把我的血管全部打通了。"
他顿了顿,又说,"如果闯过这个难关,我们再也不分开。"

"我的眼泪又落下来,"那你之前为什么要拒绝我的求婚?"

"真笨,同样的错误犯两次。"

"什么?"

"表白也好,求婚也好,都应该是我来做的。"

056

我并没有因为那晚来自于巴黎的求婚,而和卜先森走在一起。

那天不久,我回了趟老家,恰好我父母在闹离婚,我躲在房间里,听他们嘶吼争执,砸了一切能砸的东西。我忍不住出去劝,不小心一脚踩上碎玻璃屑,钻心的疼。

折回房间,我哭着给卜先森打电话,看着血一滴滴流在地板上,可他没接,打了无数个电话都没接。我突然感觉异常绝望。

后来他回电话,我记不得他说了什么,只记得自己问他:"为什么?"

"什么为什么?"

"为什么你总给我一种好遥远的感觉?"

"对不起,在你需要的时候我不在。那时我的手机被一个吉普赛人偷走了。"

"你什么时候从巴黎回来?"

"我不知道。"

很长时间的沉默,然后我叹息,"我很累,挂了。"

057

回北京后,我每天都接到父母双方漫长的电话,他们相互指责、控诉,无穷无尽的负能量向我砸来。我睡不好,工作也出了问题,领导三天两头谈话。几乎要得抑郁症。

那时我真的很希望有个人能陪在我身边。

北京和巴黎夏令时相差六小时,他总是算准时间在我的上午打给我,可我晚上睡不着,上午终于入睡,又被他吵醒,怎么会有好语气?骂了他几句,后来他竟再也没打给我。

整整一个月没联系。我想,我们应该算是,分手了吧。

后来父母和好,工作顺利,一切好起来,有次同事玩我手机,发现我设定了一个"免打扰",晚十点到早八点来的电话会自动转入未接来电,而我很少有看未接来电的习惯。

里面有37个未接来电,全部是卜先森。

次日早上八点,卜先森的电话又来了。

他的声音那么远,又那么近,"你终于接了。"

"什么?"

"那天你不是说,如果要找你,就早上八点打给你吗?"

"那天我迷迷糊糊的,不记得说了什么。"

"你说你不会接,可如果我真的在乎你,就应该一直打,打到你接为止。"

"所以你这个月,每天在我这边早上八点,都给我打了电话?"

"嗯。"

"我这边早上八点,你那边深夜两点?"

"嗯。"

"为什么要这样做?"

他苦笑了,"我也问过自己,为什么呢?"

"还有什么事是我不知道的?"

"我上周,回北京了。现在,就在你家楼下。"

058

卜先森回北京的第二天,我去 cos(角色扮演)《古剑奇谭》里的襄铃,那天我来例假了,身体有点虚。卜先森劝不住我,就跟我一起去。结果襄铃的角色要一直跪着。我腿都麻了。

一直等我拍完的卜先森背起了我。

我们坐地铁回家,西直门换乘通道无比漫长,他默默地背着我穿梭在人群里,人山人海,我们就像逆流而上的鱼。不知为何,在他摇摇晃晃的背上,我突然落泪了。

记忆就是如此奇妙,明明是平淡无奇的小事,但那画面始终在我脑海里清晰如昨。

059

有次卷心酱教我们做舒芙蕾(一种源自法国的烹饪方法)。

"做什么口味?"她问。

卜先森回答:"香橙口味吧,喜宝总是给勘存姿做的那种。"

卷心酱叫起来,"你还看亦舒?"

他不回答,低头做吉士酱。

我帮他说:"刚认识的时候,他把我豆瓣主页里打三星以上的书都看了。"

其实我觉得男人都应该看看《喜宝》。大概每个女子都会这样想吧,"我需要很多很多的爱,如果没有,那么就要

很多很多的钱。"

在书上的这句话旁边,我看到卜先森的标注:"对女孩来说,有时候钱比爱,更能带来安全感吧。大学时我曾经穷得买切片吐司,十二片,抹上室友不要的肯德基番茄酱,硬撑着吃一周。那时的我,是不配爱人的。爱一个人,决不能允许她陪自己吃苦。"

060

北京空气污染很严重,有一年我咳嗽老不好,就去苏州住了三个月。开始时很兴奋,过了一周,很不争气地开始想念卜先森。

情绪慢慢囤积,终于爆发。在独自骑着自行车一圈又一圈绕寒山寺的时候,对着扑面而来的漫天晚霞,我蓦地感觉鼻子发酸,忍不住打电话给卜先森,"我好想你。"

他沉默了几秒,说:"你在哪里?"

我抬头看到寒鸦飞过寺院黄色的外墙，不禁念道："姑苏城外寒山寺。"

"夜半钟声到客船。"他接上来，"你不是客船，我是你永远的港湾。"

那天我看了白先勇的青春版《牡丹亭》，哭得稀里哗啦，又去拙政园，坐在河边看风吹花落，脑海里却只有唱词里的三个字"韶光贱"。终于忍不住，给卜先森打电话。

他没有接。

回旅舍后手机响了，我趴在窗口边吹风边接电话。

"怎么啦？"卜先森的声音听起来很清爽。

我有点不好意思，"其实也没什么事。"

春天夜里还是有点凉，我折回房间披了件开衫，又趴在窗口。

这时他在电话那头说："这件是你新买的？我没见过。"

我吓了一大跳，半晌才反应过来，视线投向窗下的山塘河。

卜先森站在画舫的船头，满脸风尘仆仆，眼神却是那么的清亮。

061

结婚一周年纪念日,卜先森问我:"你想怎么过?"

"吃国民料理吧。"

"什么是国民料理?"

"沙县小吃,兰州拉面,黄焖鸡米饭。"

结婚两周年纪念日,卜先森在香港出差。那时还没有奶粉限购令。

"你确定纪念日礼物要进口婴儿奶粉?"

"对啊,多买点,越多越好。"

"为什么?"

"我要转卖给我亲戚朋友,小赚一笔。"

结婚三周年,卜先森掏出一张韩国歌谣盛典门票。

结婚四周年,一张写着我名字的房产证。

062

我第二份工作，试用期还没过，就被公司开除了。

那天天气很好，可是气温很低，我觉得阳光晒在身上，是冷的。

我穿着厚重的羽绒服，背着一大袋杂物，右手还提着便当盒，哭着在路边叫车，觉得自己被世界抛弃了。

到卜先森办公室，他没问为什么被开除，只是问我："饿吗？"

我点头。

他默默地帮我把便当拿去微波炉里热。

可那天他公司微波炉坏了。他很快给我叫了外卖比萨。

我矫情地说："那便当怎么办？我辛辛苦苦做的。"

他依然没说话，默默地拿来筷子，一口一口，把冰冷的便当吃完了。

吃完饭他送我下楼，我把脸埋在他怀里问："我是不是真的很差劲？"

"是啊。"他轻轻说，"你很差劲。"

我刚刚又想哭,他发出一声叹息,大掌就按在我头发上。
"没关系,就这样差劲吧,有我呢。"

063

卜先森从小在海边长大。

像我这样长在内陆、很少看到海的,都会对大海有种特殊的情怀。那年在他家附近的那片海,我赤着脚张开双臂狂奔呐喊,他却很淡定地双手插兜,慢慢走着。我问:"你小时候是不是常常和你的青梅竹马来这边挖寄居蟹?"

他说:"你台湾青春片看多了吧?我小时候,家里条件不好,爷爷经常带我来这片沙滩捡塑料瓶,凑在一起卖钱。"

后来我每次看到大海,脑海里都会浮现一个画面。

瘦瘦小小的男孩,和一个满脸皱纹的老人,在海边弯着腰捡拾塑料瓶。

这个世界并不公平,弱势群体更是活得不易,是卜先森

教会了我，将冷漠换成温情。

064

现在连真人秀都在鼓励大家"带着爸妈去旅行"。而我和卜先森第一次带我爸妈去的，是日本京都。他想带他们吃一次米其林三星的怀石料理。

那家料亭档次很高，不接受生客，生客必须由熟客介绍，卜先森用了很多心血，才托朋友预约成功。他一直瞒着我爸妈，不让他们知道价格。可我爸妈到了那家别致优雅的料亭，还是猜出了大概。

卜先森见他们满脸后悔，慌忙撒谎，"我们公司可以报销。"

每一道料理都精致得像艺术品，可分量很少，我爸妈都不舍得下筷。

看着他们小心翼翼地放到嘴里、细细地品味、舍不得咽下去的样子，我突然就很心疼。

在我眼里，爸妈一直都很省吃俭用。就算到了如今，我工作结婚，已经不需要他们养了，他们还保留着节俭的习惯，把一生辛辛苦苦赚来的血汗钱，留给我用，自己却舍不得花。

父母对子女的爱，总是那么无私。子女却很少想到回报父母。

很庆幸还有一个卜先森，替我尽一份孝，即便依然微不足道。

065

那一年在巴黎，夏令时，晚上十点左右才日落。

我们在塞纳河边散步，卜先森用法语跟一个老太太打完招呼，突然变得沉默。

他像小孩似的走上窄窄的台阶，两手平举着，一上一下，维持平衡。

背影看起来,有种萧索的落寞。

过了不久他开口说:"我想起我奶奶了。我是她最疼爱的孙子,她最大的心愿是看到我结婚。可是我遇见你头一年,她先走了。"

我不知该说什么,也跳上台阶,走了两步,平衡不了,差点摔下去。

他一手揽住我,然后抱紧我。很紧很紧,紧得我都喘不过气来。

"你为什么来得这样晚?"

他的背后,是晚上九点阳光璀璨的埃菲尔铁塔。

066

卜先森曾经说,他很羡慕我的家庭氛围,虽然父母也吵架闹离婚,但大多数时候都是和谐恩爱的。我妈有段时间迷上练倒立,我爸在墙边扶着她的双腿,两人有说有笑。卜先森听了后说:"我终于明白,为什么在很多时候,你都比我勇敢。"

他的童年,经常被锁在家里做作业,父母为了钱的事无止境地争吵,然后跟他说:"你一定要努力学习,出人头地,我们之所以不离婚,都是为了你。"那时他只想快点长大,离开这个压抑的家。因为从小缺爱,他总觉得自己配不上更好的人。

玛格丽特·尤瑟纳尔说:"世界上最肮脏的,莫过于自尊心。"

在遇见我之前,他身边有过很多美好的女孩,但他都选择了拒绝和疏远。之所以能和我走在一起,除了命运垂青,更多的是因为我的主动和坚持吧。

记得那年,我们在北京重逢没多久,还是朋友关系,他突然开始冷我。

打电话不接,发微信不回。

后来我无意中得知他报名参加了那年的马拉松比赛,我费了九牛二虎之力也弄到一个全程名额,就算当天气象局发布空气重污染蓝色预警,我还是准时出现在雾霾沉沉的天安门。

长安街上,不少选手戴着夸张的"防毒面具",再不济也戴着口罩。我找到卜先森时,正在做热身运动的他,瞪了我一眼，然后转身离开，十分钟后他折回来递给我一个医用N95防护口罩，自始至终都没有理睬我。

我戴上口罩，突然有点鼻酸。

前十公里我跟着领跑员跑得相对轻松，后来右脚的水泡开始疼，在补给站吃能量棒时，我鼓起勇气对卜先森说："我从来没跑过马拉松，如果我跑完全程，我们继续做朋友好吗？"

他皱了下眉，依然没开口。

又跑了几公里，卜先森开始和我拉开距离。我咬着牙忍着疼继续追。最后在奥森南门追上他，我也不知自己哪来的力气，玩命似的追上他，和他并肩跑着。他大概也没想到我会追上来，可能是被我毫无血色的脸给吓坏了，他皱着眉说："跑不动不要硬撑。"

我没有回答，只是咬紧牙关紧跟着他。北辰西路、科荟南路、大屯北路，最后终点，奥林匹克公园。当我们一起冲向终点的瞬间，我觉得我马上就要死了。

可是那时雾霾散去，隐约可见淡蓝的天空，风景很美，我却一阵晕眩，倒进他怀里。

后来他再也没有无缘无故冷过我。

CHAPTER **05**

不在一个次元也能谈恋爱!
不骗你

—

You are exquisite
in my eyes.

哪里有真正的天生一对,
只有
试着互相靠近的两个人。

067

泡菜小姐的前男友是韩国欧巴,留学生学霸,像明星练习生。我曾亲眼看到他在街头蹲下身给泡菜小姐系鞋带,烤肉给她吃,眼神里是满满的宠溺。

"而且身材超好,他一直都有健身,人鱼线、腹肌……"

我把这些话说给卜先森听时,嫌弃地戳戳他的肚子。

他冷着脸说:"我大概猜到泡菜小姐为什么和他分手了。爱健身,爱享受,追求时尚,所以花钱很多吧?是不是因为消费观的分歧而分手的?"

我没想到他会一语中的,却还硬着头皮反驳,"那个欧巴刚刚服完两年的兵役,韩国兵役你懂的,所以他肯定要好好享受几年啦!"

卜先森不爽地打断我:"你闺密失恋了,你是不是该去

安慰她一下?"

"没事没事,谈恋爱被甩伤心也就一秒钟,反正他长得没我欧巴帅,分手就分手吧。"

"我都忘了她是你追星好闺密。难怪她春运抢票从不失手,抢演唱会票练出来的速度。"

"是啊,她技能比我还高,连举两个小时'应援牌'手都不抖!力大如牛!"

"是不是还很抗冻?'夜排'训练出来的?"

"最绝的是,排队等预录等出超强膀胱,憋尿一整天不是梦!"

"请收下我的膝盖!"

068

临近过年,卜先森开始恶补各大明星百科。

"否则拜年的时候,都没有共同话题。"他说,"你爸喜欢周杰伦，你妈爱豆是靳东和胡歌，你姨妈最爱钟汉良，你表妹大本命是李易峰……"

我说："现在明白了吧？我追星，是因为家族基因！"

他问："那你知道我爸妈喜欢谁吗？"

我秒回："赵本山！"

"你怎么知道？"

"猜的，因为你没有追星基因。"

春晚 TFBOYS 出场时，我妈说了句"好可爱"，然后感叹："韩国人真是够拼，这么小就开始出来赚钱。"

所以我妈的逻辑是帅哥就是韩国的？TFBOYS 是我们炎黄的后裔好吗？

此时卜先森还能勉强憋住笑。

这时我爸纠正我妈，"这是 EXO！咦？怎么只来了三个？"

和家人一起看春晚，尴尬症都犯了。

那年春晚，胡歌绝对是行走的荷尔蒙，他出来时我妈把嘴里瓜子一吐，兴奋地喊："胡歌胡歌！"连年近八十的奶奶都说："这不是明台吗？"

我妈指着许茹芸说:"这女的是谁?怎么不让霍建华上?"

卜先生说:"妈,您知道得太多了。"

我奶奶是所谓的"空巢老人",晚年生活很寂寞,为了让我们孙辈常常去看她,她在家里装了 Wi-Fi;为了跟我们有共同话题,她也会追星,知道我喜欢 EXO,还经常去看他们的海报。那天我陪她看 EXO 的综艺节目,镜头对着都暻秀。

奶奶指着电视机兴奋地喊:"朴灿烈!"

我刚刚想纠正,卜先生白我一眼,笑着说:"奶奶您记性真好!"

069

刘诗诗和吴奇隆结婚时,我才发现卜先生喜欢吴奇隆。

可那天我们请表妹吃饭,表妹毒舌说:"我女神竟然嫁给了那种老腊肉……"

她把吴奇隆越说越不堪,我看卜先生眉毛沉下去,忍得很辛苦。

我说:"吴奇隆也不错啊,你看《蜀山战纪》里他也帅帅的。"

"有吗?"表妹完全不懂察言观色,"那部剧陈伟霆才帅好吗?"

我拼命搜索记忆库存,"吴奇隆以前不是还拍过……《小李飞刀》?"

卜先森开口了:"是《萧十一郎》。"

表妹显然对这个话题不感兴趣,"姐夫,你喜欢什么女星?"

向来智商情商双高的卜先森,竟然被一个00后的问题,给问住了。

他考虑再三,才说:"林允儿。"

回家后,我问他:"你居然知道林允儿?"

他说:"我记得你表妹喜欢少女时代,刚巧昨天看新闻,瞥到林允儿来华参加'快本'。就赌了一把,其实很紧张,想着万一林允儿不是少女时代成员就糟糕了。"

我笑,"难为你了,卜先森。"

"彼此彼此。"

没想到表妹还是挑剔，觉得男人不该追星，有女神也应该是奥黛丽·赫本那种。

于是我苦口婆心地跟卜先生谈了谈人生，旁敲侧击地夸赞了一番苏菲·玛索、英格丽·褒曼、费雯·丽等等，甚至还提到了民国的阮玲玉、胡蝶、周璇。

卜先生虚心受教，说："那我换个爱豆吧。"

结果他研究了半天，给我发来一张海报，"我的新女神，张天爱。"

等等……不要和我抢女神好吗？

070

有次聊台湾明星，卜先生说他喜欢张钧甯和陈意涵。

我说我也喜欢。

卜先生说："我和你喜欢的点不一样。你是因为《少年四大名捕》才喜欢张钧甯的，而我是因为看了《跟着贝尔去冒险》,佩服她的勇敢。你是因为《听说》才喜欢陈意涵的,我却是因为她的微博,看到她独自在长滩岛做瑜伽,觉得她是个气质通透的女生。"

他说得都对。我突然就有点小情绪了。

有时候觉得,和卜先森特别遥远。我们并不是一个世界的人。

领证前他对我说结婚要看三观。我当时很无所谓,渐渐才发现,我们并不在一个次元。

于是悲观地想,我和他,也许走不到最后吧。

071

我每次心情不爽时就去看一遍《我邻居是EXO》,女主角已经不能用玛丽苏来形容了,因为这部剧不是网络剧也不是偶像剧,根本就是粉丝定制剧!

那个头发乱糟糟、一身睡衣、躺在沙发上、捧着薯片"咔咔咔"追着电视剧的女主角,不就是我日常生活的写照吗?

看得我代入感太深,跳起来对卜先森说:"为什么我不能成为我爱豆的房东?"

"首先你要有 EXO 会租的两层楼带阁楼的房子。"

我郑重其事地拍拍卜先森的肩膀,"你努力赚钱吧。"

他竟然没反驳我。

女主角送一盒打糕给新邻居,四位男主自带柔光和背景音乐,被香味吸引了过来,在我心跳加速屏住呼吸时,卜先森说:"打糕而已,又不是九宫格火锅,这么远也能闻到香味?"

如果说,这个我还能忍,那么,当女主角和男主角发现他们小时候是青梅竹马时,卜先森吐槽:"真是无孔不入的广告植入啊,就算 LINE 是赞助商,也不能让主角小时候就穿他们家的衣服、背他们家的包吧?"我彻底崩溃了,"你滚!"

卜先森还特无辜,"你平时不都爱看弹幕吗?我直接说弹幕不行吗?"

"这本来就是粉丝特供的颜值剧,你居然想看剧情!你脑子抽风了吧?"

我一个劲儿地踹他走,可他偏不,还悠闲地用牛油果、火龙果和木瓜拌了个沙拉,边吃边放送"弹幕"。"你叫我走,我偏不走,就要在这里吐槽,让你分分钟出戏。"

我跟卜先森,永远不在一个次元。

可这似乎,并不影响我们……秀恩爱。

072

卜先森不抽烟不喝酒,极少喝醉。

记得有次年中聚会,卜先森还没散场就给我打电话。

"老婆……"

我一听就知道他喝高了,因为平时他很少叫我"老婆"。

"你在哪儿?什么时候回来?"

"老婆……"他完全没有回答我的意思。

我听他语气,貌似要说出点酒后吐真言的感人肺腑的告白?想想心里还有点小激动呢!咳咳,我假装正经地问:"嗯,你要说什么?"

"老婆……几点了?"

"噗!"

一小时后他两个同事把他搀扶着送回家来。我艰难地把他拖到沙发上去。

"老婆……"他拉住我的手。

"放开啦!"我死命挣脱。反正他又说不出什么载入我们爱情史册的话,走开好吗?

与此同时——"老婆……我爱你……"

我猛地转过身,某人好像拼尽全力说出最后的心声后,闭上眼睡去了。

073

卜先森一直想养一条萨摩耶,可是我有动物恐惧症。

他曾经试图帮我克服恐惧心理,循序渐进,先养金鱼,再养仓鼠。然而,家里两只仓鼠从出生到寿命终结,我都没敢摸它们一下。

可到底相处了两年,下葬的时候,我哭了。

我把眼泪鼻涕都擦在卜先森身上,"我以后再也不养动物了,送终的时候太难受了。"

卜先森抱住我,"好,我们不养了。"

他再也没有提过要养萌宠。

后来我去卜先森老家过年,看到他小学时的日记,"我经常想象我未来家的模样,阳光充沛,种满花草,最重要的是,养一只蠢萌蠢萌的萨摩耶,每天准时舔我的脸,叫醒我。"

074

牛排的几分熟都是奇数,一三五七和全熟。

有次我和卜先森请我好基友吃饭,waiter 过来问我们要几成熟,第一次吃牛排的好基友说要八分熟,waiter 不知道该怎么说,场面瞬间变得尴尬。

这时卜先森机智地说:"都说牛排成熟度要用奇数表示,

我倒觉得应该用斐波拉契数列,就是1,2,3,5,8……"

然后,场面更尴尬了。

075

有一年我们去日本箱根泡温泉。一下电车我就看到纪念品商店里"箱根限定"的Monchichi毛绒公仔,兴冲冲地要买。卜先森把标牌翻给我看,"Made in China"。

我瞪他,"你总是这么倒胃口。"

他倒没生气,"虽然在日本买中国货听起来很奇怪,但是你喜欢就买吧。"

"你不是说行李箱装不下去了吗?真让我买?"

"买吧,大不了不放行李箱。"

结果我们回国时,卜先森只能把公仔系在脖子上。在机场行李托运后,他一路抱着公仔上飞机。那画面太美,我就装作不认识这个人,和他保持距离。

076

卜先森是"水果白痴",分不清葡萄和红提、车厘子和樱桃、菠萝和凤梨。

我在水果摊前嘚瑟地给他科普,然后挑了五六种水果。摊主拿去称,称完报一下斤数,用笔写在本了上准备算,卜先森已经脱口而出,"57块3。"

摊主低头拿计算器算,算完了后说:"真的是57块3!你老公太厉害了!"

呵呵哒。

077

卜先森第一次回我家过年,翻到我小时候的相册,突然笑得直不起腰。

那是我小时候偷拿妈妈的化妆品,眼影、口红、增白霜、发蜡,把自己画得像个鬼一样的照片。出糗指数十颗星。

我飞速去抢,可卜先森已眼疾手快地用手机拍了下来。

后来我们吵架,我大半夜摔门而出,可还没走出小区,就收到卜先森的微信。

"十分钟内回家,否则我就爆照了!"

078

我跟我妈说我想当自由撰稿人。

"你不上班,宅在家里写小说?谁养你?"

以前我妈这么质问我,我回答不上来,不过婚后我可以大声地说:"我老公啊!"

后来我妈又来了一套说辞,"男人是不靠谱的,女人必须经济独立!"

这话我不知道怎么应对了,卜先森给我支了个招,"你把我们的《婚前协议》给她看。"

"《婚前协议》?我们签了《婚前协议》?"

"没签,"他说,"现在签也不迟。"

当晚他就拿来两份打印好的《婚前协议》，内容主要是说，如果离婚，家庭内所有财产，包括他名下的财产，全部归属于我。协议最后，已经签好他的大名。

"签字吧，签完拍给你妈看。"他把笔塞到我手上。

在我以为这事就此翻篇时，我妈某天杀到我家，严肃地说："对了，你们签的《婚前协议》呢？我要看看原件。"

我立马翻箱倒柜地找，结果翻了半天也没翻到。

"那么重要的东西你就随便乱扔了？"我妈恨不得跳起来掐死我。

这时卜先森说："没关系，妈，我们再签一份。"

079

如愿成为自由撰稿人之后，我才发现我高估了自己的才华。

开头三个月，我投到各大杂志编辑邮箱的稿件，都石沉大海。我每天刷新邮箱无数遍，手机 24 小时挂着 QQ，生怕编辑联系我却找不到人。

后来有编辑加了我。我两个晚上没睡觉写出来一篇稿子,初审通过,在终审时被打回来修改。我熬夜按照要求改好,可最后还是被退了。

看到 QQ 消息时,我瞬间哭了。

当你竭尽全力去做一件事,却依然没有做好的时候,你也会有同样绝望的感受。

渐渐地我也有过稿,但大部分都被退了。

年底我放弃出国旅行,写了第七篇稿子,被退。

春节期间我写了第八篇稿子,被退。

感冒严重时我坚持写完的第九篇稿子,被退。

我的自信终于被消磨殆尽,晚上甚至会哭着惊醒。

"做什么噩梦了?"卜先森抱着我问。

我把脸埋在他怀里,"被退稿了。"

第二天卜先森就买了两张飞青岛的机票,"我们去看海吧。"

没想到在飞机上,遇见了吴磊。

后来我表妹问我:"那么到底是姐夫治愈了你,还是吴磊治愈了你?"

我想都没想就说:"吴磊。"

表妹点头称是,"我就说嘛,姐夫那种扑克脸,治愈程度根本不及我们'三石'那种让人血槽秒空的笑容好吗?"

080

过稿率依然很低,我每天都很焦灼,战战兢兢地等结果,当编辑的头像跳动起来时,我紧张得心都要跳出胸腔。感觉自己越来越神经质,随时都会崩溃。

而且写稿很辛苦,经常熬夜,那段时间我开始内分泌失调,脸上长痘,月经紊乱。

卜先森把我拉到镜子前。镜子里的人头发乱糟糟、脸色黯沉、双目无光、面无表情。

他拿梳子给我梳头发,结果掉了好多头发。

"给自己放个假,和泡菜小姐去韩国玩一玩。"

我点点头,突然问,"我是不是真的没有天赋?"

他的手一顿。

我接着说:"对别人来说过稿很容易,对我来说却很难。

我每次在微博上看到锦鲤都会转发，可是它从来没有给我带来好运。我好累，真的不想再写了。"

"那就不要写了。你想上班就上班，不想上班，每天追追星、旅旅行就好，我养你。"

"可是，我为什么总是这样，做任何事都没有恒心，轻易地就想放弃？"

他从后面抱住我，把下巴抵在我头发上，望着镜子里的我们。

"没关系，放弃就放弃，只要有一点你不要放弃就好了。"

"什么？"

"或许，你今生最高的造诣，就是卜太太了。"

081

七夕这么浪漫的日子，总觉得卜先森会准备惊喜，果然，我在电脑前加班时，他从后面抱住我，莫非是想边吻头发边说情话？

结果他说："你多久没洗头发啦？"

我忍无可忍："滚！"

他倒没生气,"知道你忙,我帮你干洗吧。你继续工作。"

"这么自信?那流到我脸上的洗发水,你必须吻掉!"

082

卜先森的很多话我都当耳旁风。

"把垃圾倒一下。"

"我不知道该放哪个垃圾桶,可回收还是不可回收。为了人类环境还是你倒吧。"

"把碗洗一下。"

"洗洁精会让我的手变老变粗糙,为了节省手的保养费,还是你洗吧。"

"起床后叠下被子。"

"反正晚上又要摊开来睡,干吗多此一举?"

"吹完头发把吹风机的电线缠绕一下再收起来。"

"生命诚可贵,我岂能浪费在这种小事上?"

但是偶尔我也会很听话,比如卜先森鼓励我,"你要坚

持自己的梦想。"

"好的。"我马上把手机里设定的闹钟删除了。

083

卜先森问我大早上起来傻笑干吗,我说:"今天志龙宝宝29岁生日!"

他咳咳两声,问:"你记得你爸妈生日吗?"

我绞尽脑汁没想出来——原谅我这个不孝女!

他又问:"你记得我生日吗?"

我说:"记得,比李易峰生日早两天!"

"你记得你自己生日吗?"

"比鹿晗生日早十七天!"

他忍无可忍地捏住我耳朵说:"你爸生日比吴亦凡晚七天,你妈生日比杨洋早整整三个月,记住了没有!"

CHAPTER **06**

祝姐姐你永远年轻!
永远厚颜无耻

You are exquisite in my eyes.

我也不知道他哪里好,
就是
想偷看他洗澡

084

廖一梅说:"从来不屑于做对的事情,在我年轻的时候,有勇气的时候。"

我曾把这句话发在朋友圈里,表妹第一个留言:"你已经不年轻了,你是奔三的人了。"

"你姐才21好吗?"

"来来来,证明你年轻给我看!"

"怎么证明?"

"明天买两张飞义乌的票,我们去横店看李易峰!"

"不行!"

"老女人!"

"我是说明天不行!我现在就买票!"

从横店回来后,我就辞去了在律所的工作。其实早就想离开了,因为觉得现实和理想差距太大。我的辞职信,不是后来流行的"世界那么大,我想去看看",但也很有情怀:"如果年轻是一种病,我希望自己永不被治愈。"

我离职那天,表妹送来一束代表勇气的琉璃苣,卡片上是她丑得惊天动地的字:"祝姐姐你永远年轻!永远厚颜无耻!永远热泪盈眶!"

总觉得有什么东西乱入了……

085

肠胃感冒上吐下泻,卜先森买了藿香正气水。

可是味道太冲,我闻着就想吐。

看我可怜巴巴不肯喝,他突然举起瓶子"咕噜"地喝了满嘴。

然后他捧着我的脸,强行用嘴喂我——重点是,我表妹正好推门而入。

后来表妹让卜先森解释"引力波"。

卜先森说:"一颗质量为29倍太阳质量的黑洞与一颗36倍太阳质量的黑洞靠近、碰撞、并合,发出的引力波,以光速走过13亿年,抵达2016年地球。"

我:"说人话。"

卜先森:"时间穿越成为可能。"

我:"呵呵,我看是物理学界调皮了吧,两个黑洞还要秀恩爱虐狗。"

表妹:"让你们天天秀恩爱!猝不及防被塞了一口狗粮吧?出来混,迟早是要还的。"

086

表妹对我吐槽说很讨厌她一个室友,视频外放、跟男票装嗲、买了新衣服要自拍一小时,每次她一说话,表妹就满脑子弹幕,翻白眼翻到近视,"我那么讨厌她,她还假装看不见,眼瞎吗?"因为讨厌她,连带恨了一个省的人。

我问是哪个省。她说山东。

躺枪的卜先森悠悠开口,"我就是山东的。"

表妹神补刀,"姐,我终于明白姨妈为什么说,姐夫瞎了眼才看上你。"

087

据说 MOF 君的手机里什么 APP 都没有,Facebook、Twitter 和 Instagram 通通不用,他还经常讽刺现代人被电子设备和社交工具捆绑住了。

我跟卜先森吐槽:"MOF 君好高冷,这才是真男神!"

卜先森没理我。

次日我和表妹吃泰国菜,提到比琼瑶还琼瑶的泰剧,表妹说:"敢不敢和我打赌?现在上班时间,你让姐夫开车来接你,他不会来。"

我说:"我跟你赌,他一定会来。"说完我打电话做气若游丝状,"老公,我好像中暑了,头晕晕的,很难受,麻烦你开车来接我好吗?"

卜先森在电话那头满口应承。

结果我走出餐厅,他给我叫的是打车软件的专车!

打赌输了的我,对卜先森咬牙切齿地说:"我就夸了MOF君一句,你至于吗?"

"至于。"

"你就不怕我真的中暑了?"

"那时你表妹发微信给我,说你好得很。"

088

卷心酱喜欢上MOF君的契机很奇妙,是有一次他骂"法国国骂"的时候。

那天MOF君要做荔枝口味的慕斯,结果荔枝果泥解冻后稀得像水一样，尝不出荔枝味来，他只能把荔枝汁浓缩。卷心酱走进教室时，MOF君大叫一声"Putain"！

卷心酱吓了大跳，MOF君回过头来，道歉说："对不起，我不是在骂你。"

她这才发现他的制服上全是斑斑点点，连他脸上都是加热浓缩时往外喷溅的荔枝汁。

卷心酱说："你知道吗？认真工作的男人很帅，为工作抓狂的男人却很可爱。"

不过大部分时候，是MOF君把卷心酱弄得抓狂。

有次他们做法式烤布蕾，MOF君问她："你喜欢吃草莓吗？"

"喜欢啊。"

"我不喜欢吃草莓。"

"……哦。"

好难接。快说点别的，她已经接不下去了。

这时MOF君说："去冷冻库拿一盒果泥来吧，我不要Fraise（草莓）的，我要Mara des bois（玛拉草莓）。"

卷心酱拿来后，MOF君一边做烤布蕾一边赞不绝口，

"Mara des bois 是在日内瓦培养的,颜色特别美,香气馥郁,口味清甜。"

"你不是不喜欢吃草莓吗?"

"对啊。"

"那你说 Mara des bois 很好吃?"

"是很好吃啊。"

"那你还是不喜欢吃草莓?"

"没错。"

卷心酱脑袋里只有两个字:跪了。

089

周末我陪表妹去看了《北京遇上西雅图之不二情书》。我期待被甜到牙疼,表妹却说:"该污的,还是要污,至少让人脸红心跳,这才是爱情片正确的打开方式!"

男女主角始终没见上面都算了,最后三分钟他们跨越大半个地球终于相见时,等了两个多小时的表妹激动得连爆米花都不吃了,可汤唯和吴秀波竟然只是对视一眼,拥抱在一起。

然后,就没有然后了!

表妹瞬间抓狂,"什么年代了,还用写信这么丧心病狂的方式恋爱?"

回家后卜先森问表妹,电影演的是什么。

表妹深呼吸一口,四十五度角仰望天空,轻轻吟道:"从前的日色变得慢,车、马、邮件都慢,一生只够爱一个人。"

090

卜先森其实特别容易生气。那年我们在帕劳潜水,珊瑚的美艳超乎我的想象,我伸手要去摸一个"玫瑰珊瑚"时,他突然抓住我的手,潜水面罩后的那双眼睛,在恶狠狠地瞪我。

我这才想起潜水前教练说:"有些珊瑚是不能触碰的,越美艳越危险。"

教练打手势问我们是否往下潜的时候,卜先森连连摆手,我却一个劲地伸出大拇指往下指,还自顾自地下潜。很快耳膜痛得受不了。

上岸去医院检查,耳膜受外伤轻微破裂,卜先森气得脸发青。打完针回旅馆,客房经理送来些热带水果,他冷着脸说:"你中午挑食没吃蔬菜,过不了几天缺乏VC又口腔溃疡。现在你把这些水果都吃完我就原谅你。"

我犹豫了片刻,乖乖吃完水果。很快嘴唇肿胀,满脸皮疹,又跑了趟医院。

卜先森要哭了,"你早说你杧果过敏啊!"

"你答应过会原谅我的。"

"以后再做这种伤害自己的事情,我一辈子不原谅你。"

回国前他始终没理睬我。后来我跟表妹吐槽,"你姐夫真的很危险。"

表妹现学现用,"有些人是不能惹的,越美艳越危险。"

091

有次表妹问我卜先森有什么特别的癖好。

"每次拿我手机用,都非要一个个关掉我后台所有程序算不算?"

"强迫症不算!"

"不许我喝可乐、喝任何碳酸饮料,晚上十二点是 deadline 必须睡觉算不算?"

"霸道总裁不算!"

"没事喜欢用乐高堆积木算不算?"

"巨婴病不算!"

"喜欢乱炖 CP,他最爱《秦时明月》的卫庄和盖聂,《盗墓笔记》的张起灵和吴邪。"

"这个可以有!哈哈哈,原来姐夫这么腐……"

092

表妹是 2000 年出生的,我比她足足大了十岁。可每次都是她欺负我。

有一年春节,家人起哄让我讲笑话,我说:"千言万语汇成一句话,别人也未必接受。大家为什么不试试汇成一笔钱呢?"

最后只有表妹在笑。我妈问她:"你为什么笑?你听得懂吗?"

三岁的表妹特淡定地说:"没看出我在假笑吗?"

后来她长大了几岁,家人也让她讲笑话。她说:"密室中,小燕子和紫薇泪眼汪汪地被绑着。皇后一声令下,'嬷嬷,打!'容嬷嬷愣了一下,羞涩地回复,'皇后么么哒'!"

全家人都笑了,而我脑回路拥堵了好一会儿。

表妹说:"反应慢就算了,连假笑都不会。"

093

当然表妹也有暖心的时候。

有一年在斯德哥尔摩,闹市街头有个巨大的广告屏幕,路人用 iPhone 和大屏幕互动,挡板游戏中小球三十秒不掉,就可以获得免费甜点。

我们行程安排很紧,只能在广场上逗留几分钟,可卜先森说:"我好想玩这个。"

看他可怜兮兮的样子,我只好同意。

他喜滋滋地开始玩,用手机遥控大屏幕,眉飞色舞,玩得根本停不下来。驴友们催我们去下个景点,我看卜先森玩得太嗨,只好说:"你们去吧,我陪他。"

他高兴地捧着我的脸,啵了一大口。

真的想不通,这么幼稚的游戏,他竟然玩了整整一下午!

后来我跟表妹吐槽说:"卜先森的智商总是忽高忽低。"

她安慰我,"总比颜值忽高忽低好吧?"

说得也对。

094

表妹一直是全家人的掌上明珠,她的生日派对,每次都要提前两个月策划。

可是今年她突然说不想过生日了。我问她为什么。

她有气无力地说:"有些人不是赢在起跑线,而是直接生在终点。"

我还没懂,卜先森笑了,"你是说凯特王妃的女儿夏洛特小公主吧?她周岁生日,全球64个国家赠送礼物或祝贺信,收礼收到手软。"

表妹叹息,"说多了都是泪,我收礼物按人头计,她却是以国家为单位!"

那天晚上,夜深了卜先森还在电脑前捣鼓。我探头过去,他在各种找代购。

"新西兰、摩洛哥、加拿大、荷兰、委内瑞拉、埃及……你要干吗?"

"给你表妹挑64个国家代购的礼物啊!"

我一直觉得金牛座是"谜之星座"。

"你最好不要试图跟金牛座撕逼,要知道,希特勒就是金牛座!"

说这话的卜先森是典型金牛座,醋点低、占有欲爆棚,尤其擅长冷战。

有一次聚会,我见了我中学时暗恋的男生。那晚我快十二点才到家,客厅黑漆漆的,我打开灯,差点被坐在沙发上的卜先森给吓死。

"你、你、你干吗不开灯?"

他没说什么,径直去卧室,"啪"地关上门。

我洗完澡回卧室,门把手怎么也扭不开,他把卧室门锁了!怎么敲也不开门,气得我折回客厅躺在沙发上,打开手机想发个求安慰的微博,结果提示 WIFI 密码错误!

次日是周日,我们冷战了一整天,谁也没搭理谁。

晚餐他烤了榴梿芝士比萨,出炉时香气弥漫,我没出息地伸手去拿。

"啪!"他毫不客气地打掉我的手。

有什么了不起,我叫宅急送!

冰箱上贴着的外卖单上,我看到一张二维码。没见过?下意识地扫了一扫。

"叮"的一声,二维码转换成一张图,图上是他的字:"你先道歉。"

没忍住,我"扑哧"笑出声来,"你敢不敢再幼稚点?"

他冷着脸切比萨,"我就当你这句话是道歉,来,吃比萨吧。"

096

金牛座有个特点是"爱钱"。什么诗与远方、星辰和大海,卜先森最喜欢的话题,绝对是股市、楼市、各种花式投资。

有次他问我:"你怎么开始写无下限雷爽小白文了?"

我说:"有文笔,任性!"

"不发表,不出版?你耐得住寂寞?"

我满脸鄙夷,"你这种唯利是图的人,是无法理解我单纯凭兴趣做看似无意义的事的。"

他"呵呵"两声,"如果我不唯利是图,我也凭兴趣行事,谁养你?"

心塞,法学系吵不过数学系的。

097

还有一个不得不吐槽的金牛座特性——牛脾气。

我妈让卜先森给表妹补习数学,抛物线啊、函数啊我看着就头大,他给表妹详细讲解一遍,表妹还是一脸迷惘,干脆一丢笔,"我懂了我懂了。"

他不相信,"那你说这个抛物线方程是什么?"

表妹满脸苦B相,"姐夫,我真的懂了,求你别问了好吗?"

"不行，"卜先森冷着脸，"我要对你负责。"

表妹憋笑，"姐夫，你只要对我姐负责就好了。"

卜先森微微红了脸,恼羞成怒,"认真点！我再给你讲一遍！"

表妹被迫又听了一遍，快要抓狂，"姐夫求放过！我真的知道怎么做了。"

"那你做一遍给我看。"

此后表妹死都不请教卜先森任何题目。

098

当然金牛座也有优点，譬如心思细腻。

我洗完澡会掉很多头发，经常忘记收拾。有次我折回浴室拿梳子，看到他蹲在地上，一根根捡拾我散落满地的头发。突然就觉得很戳心。

还有一次在咖啡馆，我翻看了下一本书，《青春之后，认输之前》。

一个月后我和卜先森就到了乌斯怀亚。可当地人告诉我们,去南极经过的德雷克海峡有个西风带,风力达八级以上,晕船的人爬都爬不起来,胆汁都会吐出来。我一听就吓坏了,因为我是个坐海盗船都会晕头转向、狂吐不止的人。

虽然没去成南极,但还去了布宜诺斯艾利斯。在看完音乐剧《Don't cry for me, Argentina》后,我问卜先森:"你怎么突然想到要去南极?"

他说:"不是你想去吗?那天你看那本书看得津津有味,那本书讲的是一对穷游情侣,女主角戴上钻戒后又摘了下来还给柜员,对男主角说'我们去南极吧'。"

"什么书?我怎么不记得了?"

放暑假,表妹给她同桌发微信,对方并没有"秒回"。

表妹握着手机在客厅走来走去,"他怎么还不回我?是不是我太主动了？我就是这么贱！真应该剁手！那个电影怎么说的来着？'He is just not that into you！'他根本不在乎我！还有还有，张雨绮那句话是什么？'追我的人从这里排到法国！'你不理我，我也不理你！"

这时她手机响了，对方回复："对不起，刚刚在洗澡，天气好热，一天洗几个澡。"

表妹马上喜笑颜开，"没事没事，天气是好热，我在吃冰淇淋，没注意到你没回复。"

100

表妹有段时间特别迷恋李易峰，把他 N 年前的微博都翻出来了。

2010 年，"节约用水，人人有责！"

2012 年，"期待全面建成的小康社会。"

我听了之后满眼桃心，"真是忧国忧民的李政委啊！"

卜先森煞风景地说:"现在流行段子手。"

表妹立马回答:"峰哥也是段子手啊!有次记者问唐嫣和杨幂同时掉水里,他救谁。他说,'她们俩肯定不会让我救的,她们俩是好姐妹,生没有一起生,但愿同年同月同日……'"

就是这样,我说不过卜先森,卜先森说不过我表妹。

我常常悲伤地想,身处食物链最底层的我,是不是一辈子都翻不了身?

CHAPTER 07

**樱桃草莓柠檬波罗蜜，
全都不如你**

——

You are exquisite in my eyes.

我不相信命运，直到遇见你。

101

泡菜小姐和韩国欧巴刚分手时,瘦得形销骨立。

那段时间她疯狂迷恋上攀岩,每周都去房山地质公园。

有次攀岩到半途,她手心出汗,与岩壁摩擦力变小,于是她从腰间掏出镁粉袋,粘取一些碳酸镁吸收手掌的汗液。不料粉末扑到眼睛里,她突然就落泪了。没想到,眼泪一旦流出来就一发不可收拾。她边哭边往上爬,右脚绊到了绳子,栽倒下来。

她的脑袋离地面不到三厘米。那么命悬一线的事,后来她说起来,却那么淡定。

我问:"你们到底为什么分手?"

她说:"吵到最后彼此都很疲惫,连最初吵架的原因都不记得了。我像以前那样提了分手,以为他会挽留,没想到这次他认真了,后来我怎么求复合,他都不肯了。现在回想起来,导火索是他给我买了一个《Running Man》里宋智孝的同款棒球帽,20万韩元,我觉得太烧钱了。"

我真不知道该哭还是该笑。

可仔细一想,很多曾经相爱的情侣,都是因为莫名其妙的理由分手的。

我跟卜先森说:"爱有时候真的比甜筒的脆皮还脆弱。"

他说:"想不想吃甜筒?"

"可是我来大姨妈了。"

"没事,我吃一口,让你亲一下。"

102

泡菜小姐爱情不如意,我原本以为卷心酱的爱情是甜蜜美满的。

没想到卷心酱的爱情,表面上风光无限,其实如鱼饮水冷暖自知。

那天她和 MOF 君吵架，到我家哭哭啼啼地控诉。

"你知道为什么外国人找中国人都很谨慎吗？因为他们觉得我们玩不起、放不开，最后又甩不掉。他们表面上浪漫，其实非常现实，全部 AA 制；没有买房的想法，全靠租房；坚持所谓的自由，一谈结婚就炸毛；一周工作 35 小时还嫌多，每个月都上街游行。"

"你是不是又跟他提结婚的事了？"

她哭得更厉害了，"是呀，因为在法国，离婚前必须分居满一年，离婚后三年内不允许再婚，也禁止复婚。所以法国很多人都不结婚，而是签同居协议。可我怎么向我父母交代？只是同居吗？"

"对，在中国人的理念里，这是很严重的问题。"

"可是对他们来说，这是很无聊的问题。"

这时厨房传来"刺啦啦"的声音，煎蛋的香气飘来。

卷心酱一闻就说："好饿！这是……法式吐司？"

我们进厨房时卜先森正往平底锅倒橄榄油。

"帮我拿糖霜出来。"他使唤卷心酱做事,"洗一片奶油生菜,再切几个草莓做摆盘。"

卷心酱连吃了两份吐司,心满意足地喝着果汁。

卜先森把她的包递过去,"吃了东西,心里也好受多了吧?那就回家吧。你已经借用我老婆三个小时了,我要找你要回主权。"

我瞪他,"什么主权?我是你的殖民地?"

"对,殖民地。"他说,"谢谢你,我刚才还没想到这么确切的词。"

103

卷心酱走后,卜先森说:"你看,你心心念念的 MOF 君也没那么完美。"

我承认,"看来和老外恋爱,也蛮心累的。"

他得意得差点要摇尾巴了,"这辈子你就安安心心做卜太太吧。"说着打开冰箱,拿出牛排、乌冬面和苦菊,还莫名地哼着小曲。

喂喂喂,幸灾乐祸也要有个限度吧?

104

我是个"料理小白"。我第一次给卜先森下厨,做了西红柿鸡蛋汤。

卜先森用勺子舀出一点鸡蛋壳,"这是什么?"

我说:"钙。"(鸡蛋壳里含有大量钙质。)

后来给他做南瓜粥,他嚼到一个硬物,"这是什么?"

我说:"锌。"(南瓜子里含有大量锌元素。)

105

"你中学时代有没有对女生有过好感?"我问卜先森。

"我初中同桌非常温柔,经常帮我整理课桌,笑起来有两个甜甜的酒窝。我很喜欢和她坐在一起。可是后来她给我写情书,被别的同学看到了。因此老师把我们调开了。"

"啊?她也喜欢你?然后呢?"

"她一直以为是我告发的,再也没有理过我。我们调开之后,她彻底变了一个人,高一那年我在楼梯间撞见她抽烟,留很长的刘海,成了不良少女。"

"怎么会这样?"

"我也不知道。高二她全家移民加拿大,走的那天晚上给我打电话,应该是喝醉了,她说以后再也看不到我了,然后开始哭。"

"后来你们再也没有联系?"

"也许以后还会再见面吧,虽然已经毫无意义。"他叹息,"我只是遗憾,当时为什么不肯解释一句。明明也想很温柔地对她,但是到底,有少年无谓的自尊心在作祟。"

他顿了顿,又说:"老师把我们调开后,我是真的很难过。可是我从小就擅长隐藏自己的情绪。所以那时,她肯定以为,我一点也不伤心吧。她永远不会知道,那天看到她抽烟的样子,我一整晚都没有睡着。"

我沉默了许久,直到卜先森说:"好了,回答完毕,晚上想吃什么?"

我拉着他的手,"你之前也对别的女生有过好感,为什么后来认定是我呢?"

他望着我的眼睛,"我从来没有认定过,我只是想试试看。"

"试试看什么?"

"试试看,就这样,和你一直到老。"

106

有了自己的房子后,即使工作再忙,卜先森也会抽时间在门前小庭院里种菜。他在网上买许多芝麻油渣做底肥,黑黝黝的土,绿油油的叶子,很有点丰子恺的画的味道。

小葱和小油菜是经常能吃到的。春天的荠菜、香椿和茼蒿,都是每次吃饭前,他现摘现洗现炒的。我以前只在意大利面和台湾菜三杯鸡里吃过的罗勒,他也种。

我看他站在泥土地里采摘罗勒叶,用瓷器装了一小盆,然后捧着到厨房去炒牛肉。虽然是简单的日常生活,可我总是看得很心动。

"小时候总是跟着奶奶一起种菜,没想到种菜的技术,也是一辈子不忘的。"他说,"一辈子不忘的技术,还有骑自行车和游泳。"

我插嘴,"还有爱我。"

他笑眯眯地捏捏我的脸。

107

周末大扫除,卜先森翻出我的两张拍立得照片,他很惊讶,"你曾经是摇滚少女?"

那是大学时代的我和泡菜小姐,满满的青春扑面而来。

大一那年学生会组织参加迷笛音乐节,下雨天大家等着崔健,我旁边有人喊口渴,舞台区突然扔出来几瓶水,陌生人就一人一口仰头喝,喝完传给下一个,到泡菜小姐那里时就剩最后一口,她没喝,直接递给我,"你不是一直喊渴吗?"

这是我和泡菜小姐友情的开端。

大二那年迷笛音乐节的水依然贵死人。我第一次上舞台,唱功很烂,音色欠佳,又紧张得不行,刚唱了几句,导演就对我竖中指,还一个劲儿拉我下来。

众目睽睽之下,我都要哭了。

这时泡菜小姐跳上来站在我旁边,高声吆喝起来:"贝斯再加点压缩,主音吉他你过载不行啊,还有节奏的干音不要太重了,来,鼓手四下!"那样子真是帅得不行。

架子鼓的嚓片声响起,泡菜小姐扬起嗓子就是一曲维京民谣,拉着我一起唱。

感觉一下子就回来了,自由,信仰,热血,燃烧!

乐队一个舞台一个舞台唱下去,反响都很好,后来现场直接躁了,天色将暮,台下乐迷们手拉手挥舞,还有人放烟火,

那画面太美太美。

迷笛的日子其实很艰苦,洗澡要排很长的队,餐厅的菜贵得吓人,我和泡菜小姐就整天喝啤酒,半醉状态去唱歌弹吉他,要的就是迷幻的效果。她弹吉他,我唱,没有星辰的夜晚,却也在闪闪发光。唱累了,我们爬回帐篷,地上硌得慌,却也睡得很香甜。

遇见泡菜小姐之前,我的世界很小,我觉得自己就像角落里的苔藓,不起眼又毫无生气。是泡菜小姐改变了我,让我变得更加自信、勇敢和开朗。

就像歌里唱的,"遇见一个人然后生命全改变,原来不是恋爱才有的情节。"

整个大学时代,我和泡菜小姐利用假期时间,游玩了很多地方,发生了很多有趣的事。比如第一次去首尔,她走路不小心摔伤了右脸,回国时她的右脸贴着纱布,结果同学们一个劲儿地起哄她是去韩国整容了。她只有一个表情,"宝宝心里苦!"

还有一次去哥本哈根,进了一家服装店,我们各种试穿自拍，店员脸色一直很诡异，后来她比画了半天，我们才知道，那是干洗店……

后来她陪韩国欧巴去了台北，参加跨年演唱会，倒计时跟我视频，让我看到台北 101 璀璨的烟火秀，我说："这种浪漫的时候，你不是应该和你身边的欧巴接吻吗？"

她说："在你找到一个能陪你过跨年夜的人之前，我不会让你孤独地迎接新的一年。"

第一次见卜先森，她很挑剔地说："你要对她好，记得，颜值不够，人品来凑。"

我结婚的时候，她送了我用九十九颗牛奶棒棒糖扎成的花束，祝福我一辈子甜蜜到老。我消灭完那捧花束后胖了五斤，卜先森挑拨离间说："她就是想看你胖！"

泡菜小姐知道后却不以为然，"他是嫉妒！嫉妒我们认识的时间更长。男人如衣服，闺密如手足。我们是一辈子的好闺密，就算满头白发牙齿掉光，也要追着爱豆流口水！"

我想，所谓的闺密，大抵就是，即使青春散场，还会陪你一起疯的人吧。

108

对我这种吃货来说，旅行中记忆最深刻的就是吃。

布达佩斯的多瑙河很美，可我只记得 Sir Lancelot Knights' Restaurant，一家中世纪风格餐厅，大块烤肉，只有刀没有叉，要用手抓。

卜先森不肯用手，拿刀插着吃，还满脸嫌弃地说："你都没洗手。"

我伸手在他的那块烤肉上用力抓了几下，"脏东西都给你了。"

然后抓起我自己的烤肉，大快朵颐。

109

偶尔也会怀旧，看看青春片，拉卜先森跟我一起。

可他特傲娇，"有什么好看的？现在的青春片，无非是，友谊的小船说翻就翻,爱情的结晶说流就流,明天的梦想说碎就碎。我三观很正,不想被吊打。"

好吧,最后只能我一个人看《最好的我们》。

卜先森走过来,看到我满眼红心,"刘昊然的摸头杀,太苏啦!"

他俯下身,双手插进我头发里,一顿乱揉,"像这样?"

我抬腿踹他,"走开!"

十分钟后,卜先森又出来了,刚巧刘昊然在黑板上写字,谭松韵说他字好看。

卜先森盯着屏幕,"这个字好看?莫非是情人眼里出王羲之?"

我仰头笑,笑够了白他一眼,"你到底让不让我追剧?"

又过了会儿,卜先森走出来坐到我旁边,"周末还是不工作了,放松一下陪你追剧吧。"

我躺下来枕在他膝盖上看屏幕。

演到男女主角军训,他们穿着肥大军装一人一个耳机听周杰伦的歌。

"你们也军训过吧？你穿军装有没有宋仲基帅？"我问。

他笑，"有哦，那时我多么'小鲜肉'啊，玩的就是制服诱惑。"

我突然有点小情绪了，"可惜诱惑的不是我。"

他伸手抚弄我的头发，"骗你的，那时候我其实很自卑，因为很矮。"

"不会吧？"

他说："是真的，高一我坐在班上第一排，高二就变成最后一排了。那年暑假长了十多厘米。"

我笑了，"你那么矮，还有女生喜欢你。我整个青春期都没被男生表白过，好孤独。"

"有时候，喜欢一个人，不一定非要表达出来。尤其是学生时代，我们都太年轻。"

"可那时候还是希望听男生对我说，我喜欢你。"

没过多久，他突然正儿八经地叫了声我的名字。

"嗯？"

"我喜欢你。"

"已经晚了,我已经不是十四五岁的女孩了。"

"我喜欢你。"

"别闹了。"

"我喜欢你。"

"嗯,我也喜欢你。"

110

卜先森时常会给我带来惊喜。

有一年过年,爸爸让我们去洱海帮叔叔装点客栈。那时叔叔刚刚在大理租下一套面朝洱海的民居,要开客栈。我本来想拒绝,可卜先森满口应承下来。

叔叔是典型的BOBO族(布尔乔亚和波希米亚的混合体),讲究生活格调,口味刁。为了让他满意,卜先森在一家人气很高的台湾杂货创作家的网店,选购了大量精致的杂货。

"你怎么知道这些网店的?"

"本科时做过一段时间代购。"

以前总觉得卜先森只知道钱,没想到他也很懂得生活。他跟叔叔说起生活理念,也是一套一套的,"我虽然崇尚'不持有'的生活方式,但也不主张丢弃旧物,旧物只要赋予其新的风格,也能焕然一新,变废为美。"

那天我要把一个断了脚的木椅丢弃,他叫住了我,很快把它当成骨架制作了一盏羊毛毡落地灯。我简直目瞪口呆,他却淡定地说:"我爷爷就是木匠,小时候学过一点。"

他甚至会用智能缝纫机,看他坐在缝纫机前,埋头于一堆色彩斑斓的无纺布之间,拿着大布剪挥斥方遒,我只有惊叹的份儿。他做出来的手工杯垫,简单大方,让人爱不释手。

"别告诉我小时候你还做过衣服。"

"小时候总是穿堂哥的旧衣服,我妈帮我把尺寸改短,我也学了点儿。"

有次叔叔问他:"有没有觉得这一排子持莲华和鹿角海棠有点单调?"

他点头,"诚品风格文具馆有种 Naughty Naughty Pet 超搞怪娃娃，可以放中间试试。"

叔叔一拍掌，"我怎么没想到！"

后来我问他，为什么有这么多潜藏技能没有展示出来。

他说："大观园里开门见山，用山来隔挡园内的景色，以营造曲径通幽的意境，一辈子这么长，我如果让你一眼望到底，那还有什么可期盼的呢？"

111

有时候，卜先森给我带来的不是惊喜，而是惊吓。

在清华食堂吃饭，谈及学生时代食堂的黑暗料理。

我说："那时我暗恋的男生在隔壁学校，我总想去他学校食堂吃一次。一次就好，尝尝他每天吃的味道。我去那天，食堂阿姨让我在几个菜里选——月饼炒辣椒、红烧鸡头、辣条炒黄豆……"

小伙伴们笑得喷饭，唯独卜先森脸瞬间黑了。

晚上回家，卜先森做饭，我饿得不行了他才端来一碗汤。

"什么鬼？"黑乎乎的。

"巧克力排骨榴梿汤。"

他一本正经地说："你为了暗恋的人吃了辣条炒黄豆，现在请为了我，喝下这碗汤。"

112

卜先森每次搬家，都会把一个玻璃瓶带上，瓶子里是满满的千纸鹤。

"谁给你折的？"我问。

"不记得了，但是对方应该很用心，所以我一直带在身边。"

有天我突发奇想，从瓶子里拿出一只千纸鹤打开，没想到里面竟然有字。

"冬天我很喜欢赖床，后来我想早点去学校见到你，妈妈再也不用担心我赖床。"

我心跳加速，飞快地打开了一张张千纸鹤，像是打开一个少女的心。

"每次经过你的教室，我都会忍住不看你。其实看你也没关系，因为你肯定在埋头做作业。你不会知道，我经过了你的教室，我在悄悄地看着你。"

"今天在食堂碰到你，你在喝红豆粥。学校的粥不是很难喝吗？可是看到你喝，我也买了一杯。突然觉得很好喝。"

"你除了学习，就是戴着耳机听歌，白色的耳机很衬你。你在听什么歌呢？我喜欢梁静茹、孙燕姿和SHE，听说你听的都是英语歌？你这个学习狂！"

"考砸了，好伤心。但是看到你的名字在光荣榜第一名，我突然觉得很高兴。"

"迎春花开了，春天来了，我看到你从迎春花下走过，哎呀，一整个春天都不如你。"

"今天看了郭敬明的小说，《梦里花落知多少》，哭了好久。你会不会笑我泪点太低？"

"课间操换顺序了，我站得离你更远了。不过幸好，每次跳跃运动,集体转向后面的时候,我还能看到你,长手长脚、高高瘦瘦的你。"

"好难得!我们两个班一起上体育课!我可以肆无忌惮地看你打篮球了!虽然你投球命中率好低,但是姿势好看就好了啦!我才不像那些肤浅的女生,每次你投篮她们都尖叫,我是你安静的仰慕者,嘿嘿。"

"校运会你真的太棒了!接力赛你们班全靠你冲到第一!你大概不知道,我悄悄地给广播站投了一个匿名稿子,就是鼓励你的那个稿子——胜利女神在向你招手!写得很烂吧?我以后要好好学语文,希望以后能说出打动你的话。可是,就算语文学好了,我也没有勇气站在你面前。我很懦弱吧?不,不是我懦弱,是因为你太耀眼。"

……

我一张一张地看下来,看得又哭又笑。

晚上卜先森回家,看我满脸泪水。

"看了什么韩剧?是车祸还是癌症?"

我瞪他,"我饿死了,你快去做饭!"

他在厨房里切菜,我走过去,从后面轻轻抱住他。

113

我不喜欢喝咖啡,但我喜欢咖啡香。卜先森买了一囊咖啡机和奶泡机,做卡布奇诺,我吃上面甜甜的奶泡,他喝下面苦苦的咖啡。

他每次都喝得一干二净,我问他:"你不是不喜欢咖啡吗?"

"你不是说,每天早上在浓浓的咖啡香里醒来,是一件很幸福的事吗?"

"你可以做一杯咖啡,让香气充满房间,但不一定要强迫自己喝嘛。"

"我觉得你会喜欢。"

"喜欢什么?"

"每天早上我去上班,你都要来个告别吻。我觉得你会喜欢,我的咖啡味。"

114

我第一次知道科比这个人,是看到李易峰在微博上 po(发布,post 缩写) 了一张他和科比的合影。那时才知道卜先森喜欢科比喜欢了七年。退役前的最后一场比赛,科比拿了 60 分,带领湖人队获得胜利。我依稀看到卜先森的眼里有泪光。

"你哭了?"我难以置信。

他说:"只是很感慨。大概我缅怀的不是科比,是我已经逝去的青春吧。"

"有什么好怀念的?你的青春又没有我。"

他"扑哧"笑了,"说的也是。"顿了顿又说,"晚上吃海鲜?"

有时真怀疑他有双重人格。

115

在老家的餐馆吃饭,我点了一份青椒焖蛇。

卜先森脸都白了,"蛇……"上菜后他不敢动筷子,"看起来好辣。"

我流口水,"是很辣哦,找了个湖南女票你就要学会吃辣。"

那是我们的第一年。

我和卜先森的第六年。北京,簋街。

卜先森:"老板,你这个麻辣小龙虾不够辣。"

"拜托,这是我们家最辣的了。您是哪里人呀?"

"山东。"

"我还以为您是湖南人呢。"

"我老婆是湖南人。"

我心血来潮报了一个"和果子"（日本的点心）情侣体验课程。老师问卜先森想做什么形状的，他问："可以做玫瑰花形状的吗？"

"可以是可以，但是对初学者来说，做成那种形状很难。"

卜先森说："我试试看。"

因为他手指修长，揉捏白芸豆泥的样子非常漂亮，所以不少女生议论纷纷。

"他旁边那个女生是她女朋友吧？好幸福啊，肯定是给她做的玫瑰形和果子！"

听得我虚荣心爆棚。

卜先森做完之后，果然拿到我面前说："漂亮吧？想不想尝尝看？"

我点点头，张开嘴，结果他一口塞入他自己嘴里。

"你这么胖，还是少吃点甜食吧。"

117

我和卜先森能走在一起,是因为我的主动。卷心酱和MOF君在一起,也是因为卷心酱的告白。那天MOF君感冒了,连打几个喷嚏。

"阿嚏!"

"vos souhaits.(法国人在别人打喷嚏后说的一句祝词)"

"Merci……阿嚏!"

"vos souhaits."

"Merci……阿嚏!"

"vos souhaits."

"Merci."

MOF君正用纸巾擦拭鼻子,卷心酱说:"Chef,你知道吗,在中国,打一个喷嚏证明有人在说你,打两个喷嚏表示有人在骂你。"

"那打三个喷嚏呢?"

卷心酱直视着MOF君浅蓝色的眼睛,篡改了说辞,"说

明有人喜欢你。"

"谁喜欢我呢?"

"我。"

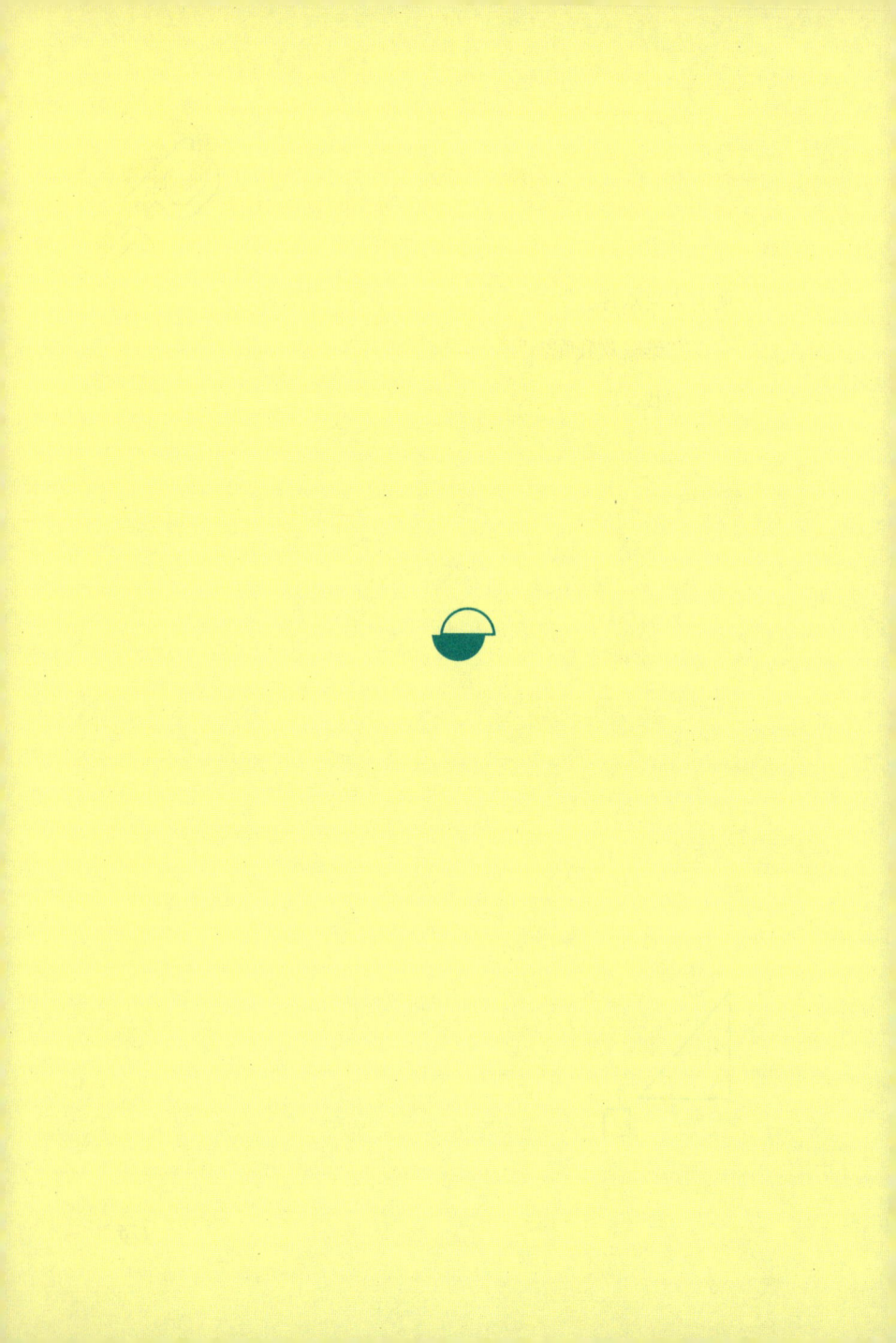

CHAPTER *08*

世界对你恶语相加,
有我来说情话

——

You are exquisite in my eyes.

不管是多么荒谬的事,
只要我想做,
他都愿意陪我。

118

有次和卷心酱谈论微整形,我说我是疤痕皮肤,整形会留下永久疤痕,所以才没去韩国整容。卷心酱耿直地说:"没关系,你已经结婚了。"

我无比尴尬,意思是我需要整容咯?

这时卜先森说:"其实我一直以为她整过容。"

卷心酱大笑,"你老公接梗技术一流啊!"

119

卷心酱问我,耍了什么小心机,搞定卜先森的。

我发誓这辈子只耍过一次心机。初中对一个男生有好感,当时我是语文课代表，经常帮老师整理试卷，我把我的试卷和那个男生的试卷放在一起，老师发试卷时，我们俩的名字就念在一起，莫名地觉得很浪漫。

这话不知怎么传到卜先森耳里。我已经做好了冷战的心理准备。

没想到那晚他从后面抱着我，贴着我耳畔温柔地问："你少女时代是什么样的？"

"和郑爽的性格很像，敏感、矫情、自卑、爱哭，说话行事不计后果。表面上张牙舞爪，其实内心懦弱胆怯。暗恋至死，绝不表白。"

"可是我们第一次见面时，你主动找我搭讪了。其实当时你并不喜欢我吧？按照你的性格，在真正喜欢的人面前，哪里会有那么大的勇气？"

他转过身背对着我，不理我。绕了大半圈，最后还是冷战。

哈哈，至少没辜负我做的心理准备。

120

卜先森偶尔会喝 RIO 鸡尾酒，而我向来对之嗤之以鼻，觉得男人就该喝烈酒。

可是某天我突然网购了一大箱 RIO，卜先森感动不已，抱着我说："老婆你对我真好。"话音未落，他看到我手机上正在播放的杨洋代言的 RIO 广告视频。

他恍然大悟，瞬间暴走，"我再也不喝 RIO 了！"

121

熬夜修改完的稿子终审被退时，我正走在回家的路上。

我看到手机上的 QQ 消息，突然觉得浑身力气都被抽走。

我走得越来越慢，越来越慢，终于忍不住，蹲下来哭了。

回家后我跟卜先森说我想去巴黎，去卷心酱读过的法国蓝带厨艺学院学习甜点。

卜先森说:"巴黎没有你想象中的美好,它也有雾霾,地铁里都是流浪汉,犯罪率极高,我曾亲眼看到一个亚裔女孩被几个壮汉抬走,我报了警却也没来得及。"

"可是我想试试,趁年轻。"

他并未考虑太久,点头同意了。他帮我报名雅思、申请学校,托他在巴黎的朋友帮我租公寓,交付房租押金。机票订好后,离别的日子一天天临近,我也一天天变得伤感,有时看着卜先森在厨房忙碌的样子,都会红了眼眶。

"多吃点菜,到了巴黎,'老干妈'都是奢侈品。"

他每次说这种话,我都会掉眼泪,然后很纠结,"要不我不去了。"

"如果不试试,以后会后悔吧?有些事现在不做,或许一辈子都不会做了。"

是啊。就好像当年EXO十二人的最后一场演唱会,我以为来日方长所以没有去,没想到那之后,再也没有机会看到他们十二人同台了。

离开北京的头一天晚上,我睡不着,爬起来打开电脑。

最后只敲下一行字:"很想为你写点什么,眼泪算不算?"

第二天我红肿着眼睛上了飞机,卜先森没有来送我,他说怕我哭到失控。

我上飞机后神思恍惚,旁边有人坐下来,男子戴着棒球帽,帽檐压得很低。直到空乘人员分发长途旅行用的拖鞋,我才看清邻座男子的脸。

我不敢相信我的眼睛。

卜先森摘下棒球帽笑,"我辞职了,陪你去巴黎。"

半晌我才反应过来,"为什么?"

"因为你这么笨,在巴黎肯定会被欺负啊。还记得结婚时我对你的承诺吗?从此以后,全世界只有我可以欺负你。"

122

事实证明,我真的是个很糟糕的人。做任何事都是三分钟热度。

蓝带厨艺学院非常严格,考试没通过的只能重新报名再学,不能补考,所以压力很大。尽管每天通勤时间长,学习强度大,累成狗,竭尽全力,却还是做得不够好。

我至今还记得那天我笨手笨脚做砸了一个巧克力,Chef当着全班同学的面对我破口大骂,上升到人身攻击,让我们这些不会说法语的人都"滚出巴黎"。

那天我流着泪离开学校,在地铁上被一个流浪汉骚扰。大雨说下就下,我淋成落汤鸡回到公寓,电梯故障,爬十二层楼,几乎断气,突然觉得活得太没意思,一事无成,不如死掉。

卜先森一回来,我就扑上去大哭,"我们回北京好不好?"

他没问我为什么,只是替我放好一浴缸的热水。我泡完澡后他用吹风机把我头发吹干,然后抱我到床上去,盖好被子,温柔地吻了吻我的额头,"先睡一觉吧,如果明天早上你还想离开巴黎,那我们就回北京。"

他总是这么纵容我,不管是多么荒谬的事,只要我想做,他都愿意陪我。

123

回北京后,卜先森开始创办自己的公司,四处找风险投资。

那段时间他晒得有点黑,人都瘦了一圈。晚上拖着疲惫的身躯回到家,看到我堆在餐桌上的快餐盒,说我没吃蔬菜,又立刻去厨房给我清炒时蔬。

我过意不去,"你忙了一整天,我来做吧。"

他用刀背拍蒜,斜睨我一眼,"一边去。"

吃饭时我想到自己投了无数简历都没有回应,眼泪又上来了。

他拿纸巾给我擦眼泪,"一切都会好起来的。"

即使是那样穷困潦倒的日子,在地铁上碰到乞讨卖艺的残疾人,他还是会掏出身上所有的零钱。我以前总觉得暖男无趣,那时我才知道,这世间最美好的品质,是温柔善良。

124

2014年1月11日,我和卜先森在香格里拉。

那段时间是我最自暴自弃的时候,我觉得自己拖了卜先森的后腿。我想跟他分手。

没想到那晚,独克宗古镇遭遇大火,千年历史的古镇灰飞烟灭。

我和卜先森住的旅馆,可以看到冲天的火光,宛如世界末日。

火灾扑灭后不久,香格里拉飘起了雪花,我们跟着一队社科研究人员,踏雪进了古镇,断壁残垣中还散发着焦味。我永远记得路上有一只灰白的猫,拖着受伤的腿穿过废墟,发出哀鸣。我一直紧紧握住卜先森的手,突然想到张爱玲那篇《倾城之恋》。

天气很冷,空气吸到肺里,也是冷的。

可卜先森的掌心,那么温暖。

那一瞬间我想:就算我们无法走到最后,只要记住此时此刻,漫天大雪一片废墟之中,他掌心的这股温暖,这一生,也没什么可遗憾的了。

125

从香格里拉回来后,卜先森怕我再胡思乱想,张罗着给我开一家烘焙淘宝店。

我一心一意地做到六月份,依然没什么人气。卜先森工作虽然忙,却也愿意帮我出谋划策。世界杯期间,他突发奇想,下班鞋都没换,就在门口说:

"我想了一整天,我们做一个世界杯主题的甜点派对,马卡龙代表法国队,奶酪马芬代表荷兰队,黑森林代表德国队,朗姆酒戚风代表西班牙队,咖啡慕斯代表巴西队!"

因为想赶在世界杯开赛前做出来,争取一个推荐位,卜先森那晚熬夜做甜点。他屏气凝神地在圆形马卡龙上画足球,虽然只是简单的黑白图案,但要在直径不足两厘米的马卡龙上画,他好像快要画成斗鸡眼了。

厨房没有空调，烤箱温度很高，他的刘海被汗湿，贴在额头上，他时不时用手背擦拭额头上的汗珠。我拿起一把扇子走到他身后，轻轻给他扇风。

夜晚深沉如海，厨房里溢满烘焙特有的香气，他的白衬衫被风吹得鼓鼓的。

因为太专注，他都没注意到我在给他扇风。我突然感觉有些害怕。或许是因为他对我太好，我反而觉得是负担，反而会惶恐，想要挣脱。

126

我们的烘焙店慢慢做了起来，卜先森一直忙着帮我冲冠，有时候话语里影射我太懒散，没有用心经营店铺。我的不满积累久了，发泄出来时，说的话已经非常伤人："你真唯利是图！把一个小清新的店搞得铜臭味十足！"

其实说完我就后悔了，但还是嘴硬不肯说软话。

结果他说:"那你自己经营吧,我不管了。"

他真的就放手了。之前他为了销量和冲冠,一直把价格压得很低,那段时间物价飞涨,我就把价格提高,没想到他得知后大发雷霆,"为什么不经过我允许?你研究过怎么开店吗?你根本就不懂怎么经营一家店!"

吵到最后,我说:"这店我早就不想开了!"

我们的矛盾愈演愈烈,我想缓和我们的矛盾,用同个 IP 地址的两个电脑买卖商品,刚巧淘宝在严打,涉嫌信誉炒作,遭遇封店。

卜先森一整年的心血付之一炬,他瞪着我,满眼的怒火。

我咬咬牙,终于说出口,"我们离婚吧。"

127

卜先森让我考虑一晚上。第二天早上醒来我还坚持要离婚。

"离就离!"卜先森抓起手机订机票,"你身份证多少?"

我翻白眼,"别装了,你给我订过那么多次机票,会没

有我身份证号?"

"携程系统出故障了不行吗?快说身份证号。"

我信以为真,乖乖报出一长串数字。

他复述一遍,说:"1990,你是1990年生的。"

"那又怎么样?"

"你有没有考虑过你朋友的感受?别人还没结婚,你就已经离婚了。总感觉在秀恩爱。"

"都离婚了还秀什么恩爱?"

"可是别人连婚都没得离呢。"

我这才意识到不对劲,"你到底买不买机票?"

"买了。"

我夺过手机一看。北京飞香港?

"我的港澳通行证快过期了,离婚前,陪我去迪斯尼过个万圣节吧。"

然后我们再也没提离婚的事儿。

128

从小到大,我常常有一种"郁郁不得志"的感觉。

小时候成绩不好,长相不出众,没有特别的才艺,存在感很弱。长大了工作不顺利,自由职业的道路也走得艰难,尝试各种事情都屡遭碰壁,好像这辈子都无法成为闪闪发光的人。

每次我的情绪陷入消极,卜先森都会给我发一些正能量的名家名言。

"在世上,最让人畏惧的是通向自己的道路。对每个人而言,真正的职责只有一个:找到自我。然后在心中坚守一生,永不停息。——赫尔曼·黑塞。"

"人们没有把自己哭进痛苦中,也没有把自己笑进欢乐中……你所看见和感受到的,你所喜爱和理解的,全是你正穿越的风景。——里尔克。"

那时我频频被退稿,有编辑跟我说:"要不是看在你写稿很勤快的份上,我根本就不会把你的稿子送到二审去。"

还有人说:"你没有自己的风格,你总是在模仿,而且模仿得四不像。"

或者,"你的文字不走心,情节都是套路,看了很无感。"

那天我哭得像个泪人,给卜先森发微信诉苦。

他发了一条语音过来:"如果全世界都对你恶语相加,我就对你说一世情话。"

是一世鸡汤吧?

卜先森也有情绪低落的时候,我如法炮制,给他每天"煲鸡汤"。

"学会忘记那些不可避免发生的事情。如果你做了自己最大的努力,那就没什么可遗憾的。——权志龙。"

"世界不会背叛你流的每一滴汗水,如果它背叛了,只因为你的汗水流得还不够多。——郑容和。"

发到第三天,卜先森忍不住了,"后面是不是还有鹿晗、吴亦凡、李易峰、杨洋……"

"你怎么知道？嘿嘿，很感动吧，我每天辛辛苦苦给你打鸡血。"

"算了吧，我天天看我情敌说的话，心理阴影面积有多大，你计算过吗？"

130

卜先生创立公司后，我曾经在他的公司工作过一段时间。

他经常使唤我给他倒咖啡。很多职员不明就里，说："BOSS是不是对你有意思？"

我回："你想太多了。"

中午吃饭，他们热烈讨论卜先生。

"听说BOSS已经结婚了。"

"不会吧？他那么年轻！"

"就算没结婚也应该有女朋友，有次我无意中听见他给谁打电话，语气低低的，满满的宠溺。那时他的表情非常温柔，

眉梢眼角都是笑意，我从没有在工作场合见过。"

我事不关己地吃饭，他们还不肯放过我。

有人问我："你说他女朋友会是什么样的？肯定是一个温婉的小家碧玉吧。"

我回："你想太多了。"

下班时我直属上司来找我，"BOSS让你去他办公室一趟。"

我瞥了眼手机，"我已经下班了。"

她很惊讶，"BOSS找你,你不去？你该不会是在欲擒故纵吧？"

言情小说真够害人。我还是那句话，"你想太多了。"

晚上回家我盯着卜先森看，他把西装挂好，换上家居服。

"干吗盯着我？"

"我就想不通，你哪里就那么好了？让公司女职员心心念念的。"

他突然冷笑，"你呢？在公司里跟我撇得那么清，好像不认识我似的。"

"我可不想被人认为我是开后门进公司的。"

"你不是开后门进公司的，你是靠潜规则。"

131

我在卜先森公司打杂那段时间,九点上班,每天早上都着急忙慌的。

某人用勺子慢慢喝着小米粥,还不忘提醒我:"你再不快点就要迟到了。"

我端起碗"咕噜咕噜"把小米粥一饮而尽,急匆匆出门。

九点整,安全上垒,忙活到快十一点,他才姗姗来迟。

次日早上,我悠闲地往吐司上抹果酱。某人狐疑地问:"你不怕迟到?"

"迟到就迟到呗。"

"迟到会扣工资。"

"反正扣的也是你的钱。"

132

有次卜先森开车带我去他的复读学校。军事化的管理,偌大的校园静悄悄的，教室里所有同学都表情严肃、奋笔疾书，我看到有人把速溶咖啡直接倒入嘴里，据说这样提神效果更好。

气氛太压抑，我们走到空无一人的操场上吹风。

"我的胃就是那一年弄坏的，没时间去食堂，总是吃干煎饼，喝凉水，《舌尖上的中国》里那种脆薄如纸的煎饼。一日三顿地吃，现在我看到它都会想吐。那段时间为了让自己有个英语环境，每天戴着耳机听英语，睡觉也听，最后耳朵出现了严重的耳鸣，影响了听力。"

卜先森说这些话时，表情是平静的。

我轻轻地问："只是想要证明自己不是 Loser 吗？"

"不，只是因为我选择复读时，我父母说的那句'爸妈陪你'。那时我妈每天早上五点起来给我做早餐，我爸晚上十一点来学校接我。他们从未比我早睡，很少开电视，就是开了，也把声音关掉，因为房子隔音效果不好。我有次出来喝水，看到他们坐在沙发上，看着没有声音的电视。我回到房间后，就哭了。"

"为什么当年那么坚决要复读呢？"

"因为高考不是我一个人的事。"

CHAPTER **09**

你也不是没用，
你可以做反面教材

———

You are exquisite
in my eyes.

把嫌弃你的话整天挂在嘴边的人，
从来没真正嫌弃过你。
相信我。

133

我无数次信誓旦旦要减肥。

"要么瘦!要么死!我一定要瘦成一道闪电!"

卜先森嗤之以鼻,"据说世界上最瘦的闪电是五米。"

"你走开!不要阻挡我在变瘦变美的道路上狂奔!"

十分钟后,卜先森换好运动服准备拉我去跑步,却看到我在啃薯片。

我慌忙把薯片往身后藏,可是来不及了。

他满脸鄙夷,"天天喊减肥,其实你只是吓唬吓唬你肚子上的肉吧?"

"真想把自己的嘴巴 Ctrl+Z 一下。"

"你的体重一直在 Ctrl+V。"

"我是不是很没用?"

"也不是一点用也没有,至少你可以当反面教材。"

"要不你跟我离婚吧,听说受了打击就会瘦。"

他脸都黑了,"胡说什么?快起来跟我去跑步!"

"让我把《匹诺曹》重温完行吗?你去跑吧,我的心与你同在。"

134

那一年在巴黎街头,有个亚裔女生拦住我们,她对卜先森说:"我正在进行一项艺术计划,需要拍一百张亲吻的照片,如果你同意,我们可以一起合拍一张美丽的吻照吗?"

卜先森尴尬地指了指我,"这是我的妻子。"

我慌忙摇头说:"I don't care."

卜先森瞪我一眼,对女生说:"对不起,我做不到。"

我在心里鄙视他的保守,上前一步对女生说:"我可以和你接吻合影。"

下一秒卜先森拽着我的胳膊就走。

我被他拖走，抱怨道："只是行为艺术而已，你真丢中国人的脸！"

因为我们一直在用英语，此刻，卜先森突然高声喊出几句日语，我远远听到那女生用日语喃喃自语，"原来也是日本人。"

135

我不敢看恐怖片，但是又想看，卜先森教了我一个好办法，静音，放《小苹果》。贞子从电视机里爬出来时，"你是我的小呀小苹果……"分分钟喜感爆棚。

那天在象山影视城，我遇见一个韩国旅行团，浩浩荡荡地穿着梅长苏宗主的同款披风，天下"迷妹"是一家啊！我激情燃烧地冲上去用英语跟她们交流了很久，回过神来时，发现同行的卜先森不见了。回到旅馆，他正趴在床上看恐怖片。

我脱鞋上床，趴在他旁边，"别生气别生气，我陪你看

恐怖片。"

说得太快,差点被自己的口水呛到。

他不解气,"不许静音。"

"好好好,不静音。"

我抬手打开了弹幕。刚巧浑身鲜血的白衣小正太从楼梯上爬下来,满屏各种颜色的"富强、民主、文明、自由、平等、公正、敬业、诚信、友善",最后一句是"弹幕护体"!

卜先森的表情告诉我,他的心已经碎成二维码……

136

我有"弹幕依赖症",而卜先森不能接受满天飞的弹幕,陪我看《极限挑战》时,差点吵架。我赶他走。他赖着不走,在我身后用手指绕着我头发玩。

张艺兴和孙红雷重逢拥抱时 BGM(背景音乐)是《东京爱情故事》,我差点笑出腹肌。

他却很煞风景地说："你看过那个日剧吗？是个很悲伤的爱情故事。"

"你还看日剧？"

"初中时我同桌喜欢看。我陪她看了一点。"

"哦，就是那个你喜欢的女生。"我突然有小情绪了，"你陪她看你根本不感兴趣的日剧，却不愿意陪我看有弹幕的综艺节目。"

"我不是在陪你看了吗？"

"你根本没有看好吗？"我没了兴致，关掉视频，和卷心酱聊QQ。半小时后卜先森酸溜溜地说："你俩聊得挺嗨呀！"然后一把抢过我手机。

"还给我，我还没跟她说一声呢。"

"大晚上的，她会懂为什么不回消息的。"

137

那天我和卷心酱聊的QQ内容是这件事——

MOF君的自创食谱对外都是保密的，有一次他用那个iPad给学生实操课打分，卷心酱在旁边等着，他突然说："ma petite chouchou（我的卷心酱）。"

卷心酱问："怎么啦？"

"我在输我的开机密码。"

"嗯嗯。"

"ma petite chouchou（我的小卷心酱）。"

"你叫我干吗？"

"输密码呀，ma petite chouchou 就是我的密码。"

卷心酱不信，拿过去一输入，没想到是真的。

"你为什么要用对我的称谓做密码？"她脸红了。

"因为谁也不会想到我用自己助教的名字做密码。"

"……"满脸黑线的卷心酱深呼吸几口问："你就没用过别的吗？"

"有啊。"

"什么？"卷心酱吃醋了。

"还用过 ma belle chouchou（我漂亮的卷心酱）。"

"还有吗?"

"还有 ma chérie chouchou(我亲爱的卷心酱)。"

138

我们第一次自驾游,是从西双版纳租的车,去的是琅勃拉邦。海关要收小费,卜先森大手一挥给了那个"A4腰"小美女4万基普。

老挝电话卡比国内3G剪卡还要小,我帮卜先森买了个装卡的手机,伸手要小费。他把刚兑换的8万基普塞给我,我窃喜,"比那个女海关多一倍!你果然是爱我的!"

他悠悠地说:"因为你的腰比她粗一倍。"

卜先森容易反胃酸，家里常备生的花生米，严重时给他吃几颗，可以缓解。

那晚他又难受了，担心吵着我，小心翼翼地起床，没穿鞋，蹑手蹑脚地走向门口，绕过床头柜时，因为房间太暗，没留意，撞上腿了，我听到他倒吸一口冷气的声音。应该很疼，可他一直憋着，没发出声音。

我睁开眼时，他已经腿疼加胃疼，疼到蹲在地上起不来了。

我慌忙把他扶上床，再去抓了一把花生米放到他掌心。

他乖乖地啃着花生米，像个大男孩。窗外车库出口有车经过，刺眼的远光灯扫过来，他伸手遮住我的眼睛，然后那双手一直逗留在我的脸上，"下雨了呢。"

他轻轻说："记得有次上语文课，胃突然很难受，我疼得趴在课桌上。老师在讲'何当共剪西窗烛，却话巴山夜雨时'，我当时想，我未来的妻子会是怎样的呢？"

夜半的雨声淅淅沥沥，听起来是那样的沉静。

140

世界读书日,我们宅在家里,卜先森看辛波斯卡诗选《万物静默如谜》,我在旁边用唱歌软件唱陈粒的《奇妙能力歌》。还没唱完他就煞风景地说:"你不适合唱这么文艺的歌,还是唱你最喜欢的那首王源的《因为遇见你》吧。"

我唱完后他说:"我智商回到中学时代了。"

"你就不怕'汤圆(王源的粉丝名称)'把你杀了?"我瞪他。

他说:"刚刚你唱民谣,是因为我在看诗集吧?你不必为了我而改变,做你不喜欢的事情。如果你想一直唱TFBOYS的歌,我去换本幼稚点的书。"

结果,他换了一本我的微博书……

141

在我和卜先森的旅行中发生了很多惊心动魄的事。

在卡帕多奇亚坐热气球。热气球降落时要被缆绳拉到拖车上，那天风太大，热气球不小心撞上了岩石，猛烈地晃了晃。

我吓得脸色惨白，大喊一声："我不要死！我还没强吻过吴亦凡！"

卜先森说："你应该高兴吧？你不是说下辈子投胎嫁给吴亦凡吗？"

142

在卜先森公司上班时，他经常利用职务之便，让我去他办公室给他揉肩膀。

我恨得牙痒痒，"我讨厌你！"

他笑，"我喜欢你讨厌我。"

"我讨厌你喜欢我讨厌你!"

"我喜欢你讨厌我喜欢你讨厌我。"

受不了了!低头在他肩膀上咬一口!

143

有天加班到八点,办公室就只剩我一个人。

卜先森走出来,四顾无人,说:"回家。"

我头也不抬,"你先走吧,我忙完这一点。"

三分钟后,他强行来关我电脑,"BOSS 让你走,你还不走?"

后来还成口头禅了,"BOSS 让你吃,你还不吃?"

"BOSS 让你睡,你还不睡?"

有次吵架,惊天动地,他突然喊"停",然后说:"BOSS 让你停,你还不停?"

瞬间笑场。

办公室养了许多"萌萌哒"的多肉植物，我负责浇水。有次我不小心弄断了一片叶子，手指上沾了汁液，开始红肿发痒。

"该不会中毒了吧？"大家七嘴八舌把我围住。

人群分开，卜先森走过来，"我带你去医院。"然后打横把我抱起。

其实没多严重，医生说有些多肉植物有毒，养殖要谨慎。

从医院出来，他突然说："你重新找一份工作吧。"

"奴役我，奴役够了？"

"不是，你在我这里工作，我总是会分心。"他顿了顿，又说，"有时候我们坐一个电梯，我会胡思乱想，万一电梯出故障怎么办？有时候坐在办公室，会突然想，万一这栋楼爆炸或者坍塌了怎么办？"

喂，幺幺零吗？我要报警。这里有个傻Ｂ！

145

我妈自从迷上刷微信公众号之后,天天给我发链接。点开看,全都是关于婚姻的,唠叨着"天下没有不偷腥的猫,男人百分之九十九都出轨"。

我暗想,"出轨?你怎么不怀疑他出柜啊?"

有天老妈来我家,卜先森出差,晚上十点老妈就逼着我打电话。

我无可奈何地打给卜先森,"你在干吗?"

他愣了愣,尔后声音里带了笑意,"你是在查岗?"

"不行吗?"

他在那头笑得更开心,"是不是想我了?我今天在高铁上看到一个女生捧着一本杂志。她问我,是不是想看那本杂志,一直盯着看,我说,那本杂志有我老婆的文章。她问是哪篇,我告诉她了,她说,那本杂志的基调都很悲伤,唯独你那篇很暖萌甜,她说想必作者是一个很幸福的小女人吧。"

"你怎么回答的?"

"我说是啊,她是个很笨、很作、很不懂事、很任性、很玻璃心的女孩。"

我有点生气,"听起来好讨厌。"

"对啊,我惯的,有意见?"

146

《欢乐颂》里邱莹莹一个电话,她爸爸就赶过来,丝毫没有责备她被渣男欺骗又丢了工作的事。这个情节把我看哭了。当年我第二份工作没过试用期,哭着给我爸打电话,他二话没说给我买了飞成都的票,"你不是天天念叨着宽窄巷子的肥肠粉吗?"

于是……为了一碗肥肠粉,我飞去成都打扰了我表姐大半个月。

每天工作累成狗的表姐看我睡到日上三竿、悠闲享受成都美食,竟破天荒没有吐槽我!后来我才发现,真相是卜先森给表姐寄了一大箱子的代购面膜。

后来我在成都玩嗨了,卜先森三令五申我都不肯回北京,直到那晚,他发了条语音过来,"我已经给你订了明早的机票,你可以选择改签,不过你要是改了,我就告诉你表姐,有人爆料她用的那款面膜,曾经让人长痘痘过敏。"

我那自恋表姐那么爱美,要是被她知道这些了,我肯定活不到第二天。

"啊啊啊,你混蛋你那么早就找好后路了吗?"

后来我表姐知道了整件事始末,气得掀桌,"我就是你们秀恩爱的道具吗?"

卜先森回:"表姐怎么是道具呢?那箱面膜才是道具,表姐你是龙套。"

我冷笑一声,"这个故事里,真正的龙套是我爸吧?"

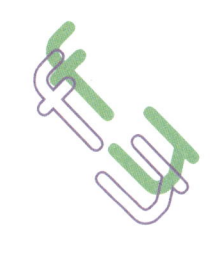

我在镜子前试裤子，卜先森冷不丁来句，"七分裤都被你穿成九分裤。"

体重可以减，身高是硬伤，难免被他吐槽。

譬如每次吵架瞪他，都被说成卖萌。

买车时，"你能开车？脚能踩到油门吗？"

参加演唱会，"坐到我肩上来，否则我看得到你看不到，岂不是浪费门票？"

在路上走着，"腿这么短，走路就是慢。"

可是在我爸妈面前，"矮吗？我觉得刚刚好啊，冬天冷的时候，我打开大衣就能把她包在怀里。夏天我往她身后一站，就能帮她挡住毒辣的太阳。"

148

我去看电影《谁的青春不迷茫》是因为许魏洲唱了它的推广曲。

电影里的青春克制而压抑,却也非常真实。高翔一直追求自己真正喜欢的东西,于是他离开学校,林天娇劝他回去,高翔的朋友说:"你的未来是活给别人看的,但我们不用。"

我突然就哭了。

其实我们的青春,哪有那么多离经叛道、热血澎湃。我最大的一次叛逆,就是去鼓浪屿过间隔年,因而认识了卜先森。在青春散场的时候,在我快被现实逼迫得成为自己不喜欢的那种人之前,是他帮助我,找回了自己。

我记得在领证那天,他对我说:"我不能保证你一生富足无忧,但我能保证你,从此之后,你不必活在外界和舆论的眼光里,你只需要为自己而活。"

许魏洲那首歌曲叫《向着光亮那方》。

我想,卜先森就是我的光吧。

149

离开卜先森的公司后，几场面试都没通过，我宅在家里长达半年。

那时我才知道，最可怕的不是忙成狗，而是闲成狗。那时我脾气很糟糕。而卜先森产品上线，常常熬夜奋战，有次我跟他吵架，他突然脸色苍白，捂住胸口。

IT行业过劳死的新闻屡见报端，所以那时我真的吓坏了，幸好医生说他是过于劳累引起的心悸，多休息就好。

我看着他躺在沙发上强颜欢笑，一句话都说不出来。

他说："我已经两个晚上没睡觉了，只要睡一觉就好了，你别这副表情了。之前你不是说，你很喜欢《琅琊榜》里动不动就咳嗽的病态男主林殊吗？我这样，你又不喜欢了？"

我破涕为笑："我明明一直觊觎靖王妃的宝座！"

给他倒了杯水，回来时，他已经睡着了。

长长的睫毛投下暗影，令我心动，一如初见。

我突然就明白，我人生这么多晴朗的天气，都是因为有人帮我挡去了风雨。

150

我考虑过很多工作，但都因为没有经验而碰壁。

"我擅长的就只有追星了，怎么办？"我问卜先森。

他说："那就做个职业粉丝。"

我瞪他，"你懂什么叫职业粉丝吗？其实是托儿，尖叫呐喊哭到昏厥之类。"

他笑，"没有谁比你更适合这个职业了。"

我想了想，"可是我的爱豆都超大牌，不需要托儿。那

些需要托儿的,我又不喜欢。"

"那就算了。我可不想天天给你买那什么。"

那是前几年,我参加完金秀贤见面会,卜先森在门口等我。

"张嘴。"他往我嘴里塞了一颗不明物体。

我含进去才问:"什么?"

"金嗓子喉宝。"

151

因为追星,所以天天关注爱豆微博,也偶尔在微博上记录一些我和卜先森的趣事,粉丝慢慢涨了起来。最后因为微博,我成功入职了我心仪的公司。

我打电话给我妈说:"你以前总是唠叨着只要学历,现在除了学历,更要看自媒体!"

我花了半小时跟我妈阐述当今社会经营社交平台的必要性和重要性。

挂了电话后,听到卜先森冷笑,"之前是谁说,MOF君不用社交软件,是真男神?"

我真想咬舌自尽。

152

微博上的小粉丝们给我建了一个后援团,团长叫"后援妹砸"。

她叫卜先森"国民欧巴"。

有一天我看到她发的长微博,内容如下:

"群里的宝宝们一直说希望欧巴出来聊聊天,因为欧巴一直都很神秘,给我一种可望而不可即的感觉,以前刚认识淇淇'欧尼'时也是这样,特别小心翼翼,那种跟男神女神聊天的感觉你们懂的吧?于是我带着我脆弱的小心脏私聊欧巴,问他可不可以来群里打个招呼。

"然后一分钟过去了,欧巴也没有回我消息,我开始各种内心戏，又紧张又后悔。五分钟过去了，我已经绝望了，没想到欧巴突然在群里发了口令红包'我们爱淇淇'。

"发个红包还要秀恩爱，这个打招呼的方式真是出其不意啊。可是，在我和欧巴私聊的对话框里，欧巴还是一个句号都没有回复我，你们自动脑补我当时的心情吧……

"欧巴接连又发了好几个红包，我突然觉得，发红包什么的，好像有一点破费，就又去私聊了欧巴，表示不用那么破费，说说话就好了。

"很快欧巴在群里说了第一句话，哦不对，是第一个'暴走漫画'的表情，瞬间群就炸了，各种刷屏，万万没想到，丢下一个表情后，欧巴又'失踪'了。

"再看看我和欧巴私聊的对话框，自始至终，高冷欧巴也没有回复我一个字、一个表情、一个句号，心理阴影面积全黑……"

CHAPTER **10**

总有那么几天，
想用中指回答一切

—

You are exquisite in my eyes.

他是个
让我疯狂又抓狂的人。

153

卜先森出差时，经常汇报行踪，却很少表达感情。
那天大晚上我手机收到他一条微信，"想你了。"
嘴真甜！我怦然心动，喜滋滋地刚要回复。
他又来一条，"原来发这句话，屏幕上还真的会掉星星。"
我要把他撕了，谁也别拦我！

154

《奶酪陷阱》的女主是一个"大写加粗、加下划线的'染发风向标'"。那天卜先森陪我去美发沙龙烫露眉绵羊卷，理发师一个劲儿忽悠他弄个朴海镇式平刘海厚顶发型。

卜先森说:"她追一部剧换一个老公,我岂不是要天天换发型?"

烫发时间很长,中午吃饭他买了一盒鳗鱼寿司,我撒娇说:"喂我。"

他瞪我,"你只是脑袋不能动,又不是手不能动,自己吃!"

"你到底爱不爱我?"

"……"

于是他拿筷子来喂我,特别大张旗鼓,还说:"乖,吃饭饭。"

整个美发沙龙的人都看着我们,窃笑不已。

我尴尬癌都犯了,"不吃了不吃了。"

"别不好意思嘛,来来来,吃饱饱才有力气。"他逼着我张嘴。

最后在一片议论纷纷中,我低声说:"求你了。我错了行不行?"

155

卡卡离开 AC 米兰的第五年,我陪卜先森去米兰的圣西罗球场朝拜。

那天他心情很沉重,因为曾经辉煌的球场,已变得无比萧条,连纪念馆都门可罗雀。

要知道对于从小就看意甲的卜先森来说,一提到足球,他就会想到驰骋绿茵场的"红黑"和"蓝黑",还有圣西罗球场上空绚烂燃烧的红色烟火,那是 90 年代球迷们最美好的记忆,承载着一代人的童年。他曾说:"那时我的梦想,就是有朝一日来到米兰。"

可惜等他长大了,有能力实现梦想的时候,米兰的荣耀已不复从前。

我不知道怎么安慰他,只能默默地牵着他的手,像牵着一个落寞的小男孩。

圣西罗球场依然宏大雄伟,可惜看台上看客寥寥无几,球队成绩欠佳,连铁杆粉丝都不会像以前那样唱队歌、挥舞

旗帜。

我们问了一位会讲英语的米兰人,他说因为俱乐部经费不够,没办法制作旗帜,而拒绝唱队歌,则与贝卢斯科尼有关,很多球迷对他不满,所以拒唱队歌。

我看卜先森失落的表情,突然来了勇气,"你会唱队歌吗?我陪你一起唱?"

"真的?"

"真的。"

结果那天我们因为意大利语太烂,被工作人员误以为是来搅场的,最后他们强行把我们轰了出去……

156

那天一大早,我微博就被莱昂纳多拿奥斯卡"小金人"的新闻刷屏了。

我扼腕叹息,"小李子再也不能用做表情包了,好空虚。"

过了会儿,又说,"可今天是 2 月 29 日,岂不是说小李子要四年后才能庆祝这个大好日子?"

卜先森面无表情地说:"颁奖典礼在美国时间是 28 日。"

咳咳咳,为什么讨论个新闻,还要被他的智商碾压?

157

新公司离我们买的房子很远,卜先森就在公司附近给我租了一个单间。

有时他会坐两小时地铁到我这边来,我们仿佛又回到最开始在北京打拼时的租房生活,狭窄的单间里,我躺在床上追剧,他在电脑桌前工作。我抬起腿,就能用脚趾尖戳他后背。

"渴。"

他给我倒水,又拿来指甲刀,"脚趾甲要剪了。"

当然是他帮我剪。这是我们之间的习惯。他也曾说为什么我自己不能剪。我很心机地说:"我从小到大就没有剪过

脚趾甲。都是我爸妈帮我剪。现在轮到你了。"

他竟然信以为真。

我望着他睁大眼睛、小心翼翼修剪的样子,突然觉得他蠢萌极了。

那表情,可以和韩寒的爱犬马达加斯加来个"谜之撞脸"。

158

有次在路上堵车三小时,回家我们都快饿晕了,我躺在沙发上不得动弹,嚷嚷着让卜先生给我做饭。一直开车的卜先生明明更累,却还是系上围裙去了厨房。

我补上一句,"我要'B格'高的,不要敷衍我!"

"好,我给你做。"

过了会儿他给我端来一碗泡面。

"用依云水泡的。"

159

惹恼了卜先森,我像往常那样穿上女仆装,从后面抱住他,花式撒娇卖萌。

他说:"污。"

我回:"女生污一点才可爱!"

他冷哼一声,"套路!"

我回:"套路我是学的,撩你是真心的。"

刚好他在刷微博,听到这里忍无可忍,"满口的热搜!你每天刷热搜,还不是看你爱豆!"

160

去吃回转寿司,人多,运输带上,我最爱的虾卷几次被人半路截走。

卜先森就一路望着,前面有人想拿,他站起来说:"抱歉,我老婆怀孕,吃不下别的东西,就只想吃虾卷,麻烦您等下一份。"

我囧,"你非要说我怀孕了吗?"

卜先森捏了捏我肚子上的"游泳圈","他们不会怀疑的。"

161

那年我们在塞尔维亚大教堂邂逅了一场婚礼。盛装出行的新娘挽着表情严肃的父亲的手,走向教堂。我突发奇想打电话回家,"爸爸,我在西班牙。好久没有给你打电话了。"

爸爸一点也不惊讶,"今天查了那里的天气,太阳很烈,记得戴墨镜,防晒。你老公早就告诉我们了。虽然你不记挂我们,他倒是三天两头打电话来……"

他唠叨了半天卜先森多么多么孝顺,我多么多么不孝。

好吧,算我没事找虐。

162

有次在微信上吵架,我差点爆粗,忍无可忍地说了句"滚",他竟然说:"你先滚!"

"好,我滚了,88。"然后一整天没理他。

晚上他发来一个微信红包,名称是"我滚回来了",我没忍住,笑了。

我开心地点开红包,结果,0.01元……

163

关于"男生和女生谁更早熟"这个话题,我和卜先森意见相左。

我觉得男生早熟。初一坐在我后排的男生,总爱用笔在我校服后面画横线。中性笔画的,很难洗干净,妈妈怪我,我就只能哭。

后来才明白,那时夏季校服是白T恤,可以隐约看出文胸,他画的就是我带子的形状。

卜先森却觉得女生早熟。

高一有次体育课,他打篮球把校服衬衫都湿透了,于是换了一件T恤。做课间操时把汗湿的衬衣放在课桌上,竟然被偷了。放学后他去器材室还网球拍,无意中撞见几个女生在争抢一个女生身上的衬衣,仔细一看竟然是他那件衬衣……

我大笑,"我终于明白你为什么有'异性恐惧症'了,因为你身边的女生如狼似虎啊!"

"嗯。所以高三那年,为了专心学习,我对外宣称,其实我喜欢男生。"

164

新工作是图书编辑,经常要帮作者想书名,偶尔也会求助卜先森。

"婚恋题材的书名,你帮我想一想呗。"

"《我在坟墓中爱你》。"

"又不是恐怖小说!"

"《当 π 变成有理数,乃敢与君绝》。"

"什么鬼?别间接嘲笑我学渣了。"

"《余生只愿与你同床》。"

"你敢再污点?"

"《因为爱情没有幸福》。"

"不就是昨晚追剧没陪你吗?你有多恨陈伟霆!"

165

泡菜小姐为了走出失恋的阴影,去匹兹堡大学读研。"CMU"(卡内基梅隆大学)工科男和匹兹堡大学文科女据说是情侣标配,可她接连拒绝了几个"CMU"高富帅,还天天去一家韩国料理店吃烤肉、喝参鸡汤,吃饱喝足就去当年

王小波和李银河留学的住所附近散散步。

她唯一难以忍受的两点，其一是匹兹堡大学校园很美，经常有校友回来拍婚纱照，单身狗如她总会遭到十万点暴击；其二是宾夕法尼亚州冬天太冷，零下二十度。幸好她F1签证去墨西哥免签，所以每年熬完通宵达旦的考试周，她都会飞去坎昆，在海边晒太阳。

我看到她拍的照片，坎昆的海水是渐变蓝，美得像艺术品。

可泡菜小姐说："不如马尔代夫的tiffany blue（蒂芙尼蓝）。"

当然不如马尔代夫啦。那里可是她和她韩国欧巴第一次旅行的地方。

聊着聊着，她终于落泪了，"原来远走天涯，还是没办法忘记他。"

"既然放不下，就把他找回来吧。"

没想到我随口说的一句话，让泡菜小姐很快办了休学手续，一意孤行飞去了首尔。只是，比小说情节还要狗血的事发生了。她知道她欧巴喜欢广藏市场那个小有名气的在《奔跑吧兄弟》里出现过的鸡肉串，所以她在那个摊位等了欧巴几天,没想到等来的却是另有新欢的欧巴。

他买了两串鸡肉串,宠溺地喂给他的新女友吃。

肉串的竹签顶端很锋锐,她觉得它好像戳进了她的眼睛。

我顾不上等特价票,次日就飞到首尔,陪她吃了满满一盘子的活章鱼。

大学时玩"真心话和大冒险",她宁愿说出文胸的颜色,也不愿意大冒险吃活章鱼。可那时的她,一口接一口,不咀嚼就吞咽下去,看得我目瞪口呆。最后急性肠胃炎,在医院打了两天的吊瓶。我不小心买了她欧巴曾经买给她喝过的香蕉牛奶,她都会哭半天。

出院后我们住在弘益大学附近,每天都去那个有练习生表演的小广场。练习生们都很拼命,又唱又跳,大汗淋漓,青春洋溢,泡菜小姐就在下面沙哑着嗓子喊"Fighting(加油)"。

那天有个2001年出生的练习生,泡菜小姐被刺激到了,抱着我哭,"年纪一大把了,还这么要死要活,是不是很丢脸。"

"没关系,那些演员三十多了还演高中生,为了爱情寻死觅活,那才丢脸。"

我就这样陪了她整整一个月。每天好像都是一样的，但变化在悄然发生。那天我们在梨花女子大学散步，有金发碧眼的帅哥拦住我们，问可否给我们拍照。

梨花女子大学是培育韩国总统夫人的摇篮，这里出身名门的女大学生都颜值"爆表"，没想到在美女扎堆的地方，还有人搭讪我们。泡菜小姐说："校园内是禁止拍照的。"

可那帅哥说："可是小姐你太美丽，我愿意承担一切后果。"

最后当然是没有拍成，因为工作人员来干涉。可是那场邂逅之后，泡菜小姐突然就振作起来，她说她突然想吃南锣鼓巷的宫廷双皮奶。于是我们飞回了北京。

我知道，一切都会好起来的。

后来我回忆整件事，一拍大腿，"我在首尔待了一个月，竟然没去看EXO演唱会！"

真的，把肠子都悔青了。

166

  每次过马路,就算没有车,卜先森也一定要等到绿灯,然后走斑马线。我有乱穿马路的坏毛病,他总会严厉地说:"你知道开车的人看到你这种人,会有多紧张吗?真的很危险!"

  在慕尼黑,我们曾亲眼看到一个女孩闯红灯,被急速驶来的车辆撞飞。那司机报警后请我们当目击证人。警察调查取证之后,确认是女孩违反交通规则,承担事故全部责任,对于女孩出车祸死亡,司机不需要作任何赔偿。那件事把我吓得每次都乖乖等绿灯。

  可有次在北京,我们在路边吵架,我气得直接横穿马路,他追上来一把将我扛在肩膀上返回人行道。我拼命捶打他,喊:"放我下来,放我下来!"

  他不理我,竟然一直把我扛回家。

  邻居见了,笑着问:"怎么啦?吵架了?什么原因啊?"

  卜先森冷着脸说:"她乱穿马路。"

  我当时气晕了,竟然没纠正他。

或许比起我们吵架真正的原因,我闯红灯更让他抓狂。

167

刘昊然晋升为"国民同桌"后,我跟卜先森感慨:"我怎么就没碰到过这样的同桌呢?"

卜先森说:"我碰到过。初中同桌身上总是有生花生米,我胃一难受她就掏出来给我吃。"

"这么深情?难怪后来受了伤,去做不良少女了。"

"现在她在加拿大过得很好,我在 Facebook 上看到她的毕业照,穿着学士服笑出酒窝,做回了曾经那个美好的少女。"

可是还有些东西,卜先森不知道。

那个女生还有微博。我看到她毕业典礼那天写的一段话:

"很想为你唱一首歌,B,虽然你永远不会听到,但是所有的歌词,都是为你而写的——我再也无法靠近的人,你像天空一样遥远,可是每当我抬起头,却总能看到你。我永远不能拥抱的人,你像天空一样遥远,可是每当我想见你,你总是在那里。"

我从未见过谁把"念念不忘"诠释得这样唯美。

168

我曾经想,如果我在中学时代遇见卜先森,会不会也像那些女生一样,卑微地暗恋他呢?

答案是肯定的。

因为那时的我很胖,头发短得像刺猬,校服裤子太长,裤尾被踩得稀巴烂,戴过牙套,戴厚厚的眼镜,被男生说像"丑女无敌",一度自卑得连和男生对视都没有勇气。

如果那时遇见卜先森,我也会觉得,他像天空一样遥远吧?

如果,在最美好的年纪,以最糟糕的模样,遇见那个闪亮的男孩,结局一定是错过吧?

フジ

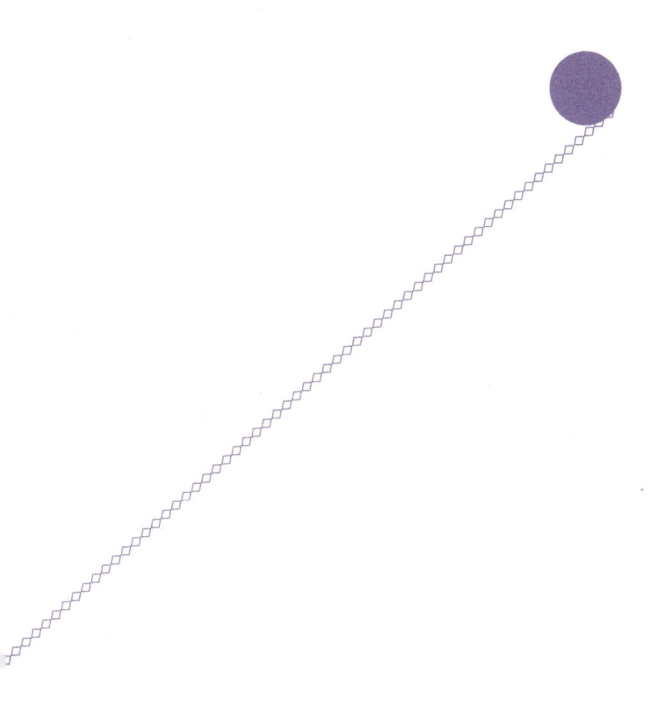

CHAPTER **11**

我想环游的世界，
是有你在的地方

——

You are exquisite in my eyes.

风景越美丽，越庆幸身边有你。

169

卜先生喜欢小动物,这一点在旅行中也能体现。那一年在大阪天守阁,我臭美地穿着和服和木屐,走累了在长椅上休息,卜先生则在不远处和一只秋田犬玩得开心,他把从神社求来的御守往上一提一提,秋田犬就跟着一蹦一蹦。

看着他笑得像个孩子,我的心突然一片柔软。

没想到后来在奈良的车站,我们遇见了一只导盲犬,它的脚似乎是被什么尖锐的东西刺伤了,走路姿势有点怪,却还是忍痛带着主人前进。

卜先生很心疼那只导盲犬,上前帮它简单地包扎了一下。

在电车上我问他:"为什么导盲犬接受的训练是无论发生何种情况都不发声?"

"因为频繁发声会给外界带来麻烦。"卜先生说,"导

盲犬自出生后，就开始特殊训练，从小在人类的饲育下长大，遭到攻击也不发声，是因为完全信赖人类。"

"你怎么对导盲犬这么有研究？"

"我小时候的邻居是个盲人，经营一家盲人按摩店，他对我很好，有次别人给他带了块巧克力，他竟然留了一星期，只为了给我吃。因为天气热，巧克力都化了。他很温柔善良，但是行动不便，那时我想，等我长大赚了足够的钱，我要给他买一只导盲犬，带他去任何想去的地方。可惜，我在巴黎读研的时候，他出车祸去世了。"

他心情一直有点低落，直到我们在奈良JR站前坐上去往春日大社的绿色巴士。

春日大社里，那些在海报上温情缱绻的小鹿，现实中像个强盗，我们拿着鹿饼，它们就来拦路抢夺，撕咬我们的包包，还顶我的屁股。我们举手投降把食物都给它们吃。等我们两手空空后，它们就连正眼都不看我们，高冷得不行。

"真的一点也不可爱。"我忍不住吐槽。

卜先森说："其实和你很像，我不给你买爱豆演唱会门票，你就各种撒泼威胁,软磨硬泡。我给你买了,你就一直刷你爱豆的资讯,理都不理我。"

好像也没说错的样子。好吧,中午吃牛丼时,我不抢他拌饭用的生鸡蛋了。

170

记得有次在纽约哈德逊河旁被采访。

问:"有没有觉得《破产姐妹》里的max很火辣?"

我:"Yes!"

卜先森:"Never seen."

问:"看过《暮光之城》吗?说说你们恋爱中最难忘的瞬间。"

我:"First kiss!"

卜先森:"Right now."

后来我问卜先森:"为什么是'现在'?"

"因为你竟然记得我们的初吻！"

"当然啦，不是在济州岛买姨妈巾那次吗？"

"……错了，是在地铁上你犯幽闭恐惧症那次。"

171

玩了这么多地方，最难过的海关就是保加利亚。东欧人个头都在两米左右，身形庞大吓人，把我们拉到小黑屋里各种审问。幸好审问完坐上大巴，就闻到浓浓的大马士革玫瑰的芳香。那阵子我有轻微的抑郁症，卜先森就帮我报了一个芳香疗法的旅程。

五月玫瑰季在卡赞勒克，我和一群吉普赛人每天采摘玫瑰，晒得很黑，还瘦了不少。

每天都很累，和烈日、泥泞、蚊虫做伴，晚上躺在床上全身就像散架了。我给卜先森打电话，"从来没想到，体力劳动还能治愈心灵。"

他在电话那头笑了起来，"有句话，我之前跟你说，你可能不懂。现在你或许会懂了。我希望你走进田园，深呼吸，感受阳光雨露和大地的力量。我爷爷曾经跟我说，我们就像植物一样，根永远扎在土地里，就算一无所有，也不用担心，因为这片土地会孕育万物。"

不知为何，我仰望着星空，听着他的话语，突然觉得心中郁结的焦灼、迷惘和失落，在渐渐淡去。或许，我们现代人的一切通病，都是因为和土地失去了联系。

回国后我养成了一个习惯，每天黄昏都在小区散步。

我从未想过，住了这么久的小区，竟然处处是风景。玉兰、桃花、芍药、蔷薇，这些花朵次第开放，就是一整个春天。

只是那天，卜先森突然念起聂鲁达的诗："我想在你身上做，春天对樱桃树做的事。"

为什么感觉有点……是我想太多了吗？

172

第一次去塞班岛,觉得那里简直是中国游客的殖民地,免签白本放行不说,跟团还有直飞的航班,消费水平又比济州岛、马尔代夫便宜太多,各种中餐厅,满耳朵的中文。

卜先森说:"跟在中国没什么两样。"

我说:"至少晚上没有大妈跳广场舞。"

结果当晚我们沙滩漫步,看到一群中国大妈在跳凤凰传奇……

173

去年夏天,我和卜先森第一次去阿拉斯加。舷窗下是壮阔的冰河、绵延的苔原、常青的云杉、迁徙的驯鹿,还有午夜不落的太阳,美得像幻境。

行程中卜先森最期待坐直升机去北美最高峰麦金利山,

可我那天水土不服、上吐下泻，他只好不去了。连我都觉得好惋惜，"其实你可以一个人去的。"

"一个人看风景？没意思。"

我身体恢复后，我们去沃迪兹海钓。

卜先森的公司小有起色后，他迅速学会了企业家之间流行的四项贵族运动：高尔夫、马术、网球和海钓，还拿到了海钓执照。

我们包船出海，他戴着墨镜静静垂钓，我在旁边自拍修图发状态。

很快卜先森钓上来一条大金枪鱼，笑着说："以后我们老了，可以住到阿拉斯加来，我钓鱼，你做网红，别人笑你一把年纪了还像个洛丽塔，我就说，'我偏要纵容她，做一辈子少女。'我们一起吃饭，一起出海，晒太阳，喝咖啡，看花开花落、云卷云舒，最后手牵着手走向天堂，许诺下辈子在这碧海蓝天里再次重逢。"

我摆手，"肉麻死了。"

他偏要让我更肉麻，居然开始念李元胜的《我想和你虚

度时光》。

吃饭时我看到杂志上亨利·甘尼特说的一段话:"如果你还年轻,请远离阿拉斯加,过早领略世间极美,将使余生变得乏味。"

我嚷嚷起来:"怎么办?我的余生乏味了!"

他说:"不会吧?这明明是刚切的金枪鱼鱼生啊!"

174

有一年我和卜先森在清迈参加"万人天灯"活动,放灯的时候,耳边全是日语。

我把天灯放到夜空中去,闭上眼,双手合十,虔诚地祈祷卜先森爱我比我爱他更深更久,然后睁开眼,满怀期待地问卜先森他在想什么。

结果他不解风情地说:"我在想泰国人真是为了中日友谊操碎了心啊。"

那晚我俩差点儿打起来。

175

正式工作没多久,我遭遇了一次网络暴力,那段时间我微博人气急剧下降。单条阅读量、主页访问量锐减,点赞、转发和评论数越来越寒碜,粉丝群变得异常冷清。

我陷入负面情绪不能自拔,跟卜先森说:"感觉那些所谓的粉丝,好薄情。"

他说:"这是一个时机,鉴定谁是你真爱粉的时机。"

"可还是很失望,感觉像是被自己信任的人背叛了。"

"我们都要学会攒够失望,然后开始新的生活。"

我突然矫情地问:"你也会像他们那样,昨天说喜欢我,明天就离开我吗?"

他竟然很配合,"不会的。你是我的'大本命'。"

"哼,你那么毒舌,明明是我的黑粉!"

"《所以,和黑粉结婚了》。"

那是我们相识的第六年,一起去看的第 99 部电影。

176

卜先森的生活自理能力特别强,在旅行中简直是哆啦A梦。

我受凉感冒了,他会拿旅舍的电吹风对着我的太阳穴吹,与此同时还拿热水给我泡脚,并且让我喝着热开水,逼我出一身汗再睡觉,次日总能痊愈。我偶尔晕车,他总能掏出鲜姜片来贴在我肚脐上,缓解症状。

记忆最深刻的是在迪拜旅行,我穿的裙子起皱得厉害,那晚我们回旅店都很累了,他还用手机里的翻译 APP,用阿拉伯语向前台借蒸汽挂烫机,可惜没有借到。

我在浴室洗澡,他敲门,"让我进去一下。"

"我累死了!你别闹了行吗?"我不耐烦地说。

他却已经拉开门进来,瞪我一眼,直接用衣架把我的裙子挂在浴室的钩子上。

"你这是做什么?"

他懒得理我。第二天裙子褶皱去掉了大半,我才知道,他是利用热蒸汽自然地熨平衣物。我忍不住问他为什么懂得这么多。

他毫不留情地说:"是你太小白。"

"别假装嫌弃我的样子,你明明很享受照顾我的感觉。"我这样说着,原本准备自己撕开配 Pita bread(中东口袋面包)的 Hummus(鹰嘴豆泥),想了想还是交给卜先森。

他"吱啦"一声撕开,心情很好地递给我。

真是幼稚得可以。

在新西兰 Baldwin St(鲍德温街),世界上最斜的街道,

走上去比爬山还难，需要手脚并用。街上有人开车向下冲，来征服这世界斜极。

当时我们租了一辆小摩托，我说："既然来了，我们也来征服一下吧。"

可卜先森不肯。我嘲笑他胆子小，他说："给我十分钟，我把后事准备一下。"

我笑，"别说得好像你有几个亿遗产似的。"

他想了想说，"也对，我最宝贵的遗产，就是你了。"

178

卜先森在去深圳出差长达一个月之前，为了让我对即将到来的异地恋有个心理准备，带我飞了趟台北，目的地却是花莲，在曾经赫赫有名的花莲糖果厂待了一整天。

他说他小时候看到一个故事，小男孩最喜欢花莲糖果厂的糖，每天都要排很长的队来买糖，有一天他问卖糖的阿公，为什么这里的糖如此美味。

阿公说:"因为等待。等待的时间,让遇见变得回味悠长。"

那晚我们去花莲一个小众电影院看了黑木瞳和冈田准一拍的《东京塔》,冈田准一说:"我很享受等待她的时间,等待得越漫长,我越爱她。"

后来的一个月异地恋,每当我想念卜先森,都会想起花莲糖果厂的绿草地上,他给我讲的那个故事。斑驳的树影落在他的侧脸上。太平洋的风吹来,树影晃动,似他的笑容。

179

去新加坡玩,我最"心水"(喜欢)新航的 F&N 冰淇淋。

经期不能吃冰,我趁着卜先森补眠时偷偷吃了几口,结果难受得捂住肚子。

卜先森知道后气得半死,冰块脸,对我的讨饶不为所动。

空姐送热水来时,我指了指卜先森说:"Can you have a

word with my husband？'她知道错了'。"

空姐中文太烂，竭尽全力地对卜先森说："她石头戳了。"

飞机上的中国人都笑了。

我和卜先森的第六年，在外人眼里，他事业有成，我却还像个刚毕业的小白。我妈经常警醒我，说我和他的距离越拉越大，将来终有一天婚姻告急。

我其实也很焦虑。这焦虑也表现在旅行中。

譬如我第一次去非洲，想去看看"狗粮"界大神三毛和荷西秀恩爱的地方。那段时间卜先森忙着跟投资人谈增资和股权变更，却还抽空陪我去了。可是他一直在工作，即便我们在东非大裂谷浩荡的长风中，俯瞰着地球上最大的伤痕，他还在车上敲打键盘。

我的情绪瞬间爆发了，拉开车门，抓起他电脑，扔进了大裂谷。

他目瞪口呆,半晌才瞪着我,"你疯了吗?"

失去理智的时候,真的很歇斯底里。我流着泪朝他大吼,控诉他越来越忙,越来越不在乎我。言语如刀,扎向他,也扎向我。小时候那个自卑得用刘海遮住眼睛的女孩,仿佛又在我身体里复苏了。仿佛必须要用这种伤人伤己的方式,才能赢得一些存在感。

这一次,他并没有迁就我。他次日就回了内罗毕,留我一人孤寂地看大批非洲象的迁徙。

181

年纪也不小了,却始终没有学会控制情绪的技能。

回北京后,感觉沉沉的雾霾非常压抑。卜先森主动提出,让我和卷心酱、泡菜小姐去青海茶卡盐湖散散心。结果她俩带了一箱子衣服,一路花式拍照。

雨过天晴的盐湖是镜面反射的最佳时机,我捧着相机给她们拍拍拍。

过了很久,卷心酱终于忍不住提醒我,"他来了,他一直在拍你。"

泡菜小姐说:"你在拍风景,他在拍你。"

我转过头,卜先森举着相机对着我。

他站在盐湖中央,天湖一色,他颀长的身姿倒影在湖面上。

回旅馆后他问:"有没有觉得你老公很帅?"

"真的很帅!你那时好像《那年冬天风在吹》里的赵寅成。"

"我发现,我对你绝对是真爱。"

"什么意思?"

"如果不是真爱,我怎么可能忍你到今天还没离婚?"

182

那段时间网上疯传故宫杏花疏影的照片。卜先森问我想不想去故宫玩。

我回:"我可不想被挤怀孕!"

次日早上六点他把我从床上拉起来,开车到故宫时七点整,我们第一个在检票口排队。他提前订好了票,八点整检票后,他就拉着我开始跑。我们一路狂奔穿过午门。空无一人的太和殿广场,晨曦将金銮殿辉映得万丈光芒,那一瞬的庄严神圣,让我很有跪下来的冲动。

他说:"让你看到如此景色,你该怎么报答我?"

我转过身,踮脚钩住他脖颈。

他说:"别这样,马上就有一大波游客杀进来了。"

183

我难得下厨,用在曼谷买的咖喱做了虾仁,结果卜先森被堵在回家的路上了。

他一回来我就甩脸色,他扯着领带说:"你把咖喱放锅里热下吧。"

我翻白眼,"那你洗锅!"他点头。

我又说:"用舌头洗!"

他瞥我一眼,点头了!

饭后我拿来黄灿灿的平底锅,等着看好戏。

他毫无偶像包袱地说:"幸好平时被你逼着舔酸奶盖,练出来了!"

184

我湖南口音很重,陌生人听我说几句话就会说:"你的腔调好像芒果台那几个主持人。"

卜先森偶尔学我说湖南话,"你搞么子鬼咯(你在做什么)?"

看他严肃地说着方言,我笑得半死。后来每次不开心,他都用方言来逗我。

"妹佗，你要哦改咯（姑娘，你想怎样）？"

我瞬间捧腹大笑，尤其是把他的脸想象成长沙人张艺兴时……

185

卜先森每次说法语，我都怀疑他是不是重感冒鼻塞。

可他说，法语就是因为那些鼻化音才够浪漫。

我很笨，连小舌音都学不会，但也没放弃。那天和表妹聚餐干杯时，我突发奇想，憋出一句法语"Tchin-Tchin"，因为和中文的"请，请"很像所以记住了。

表妹嘲笑我装B，让卜先森发正确的音。

卜先森说："你姐发音很标准啊。"说完学我说了两声"Tchin-Tchin"。

后来我在巴黎听他发正确的音，才知道我错得离谱。

我问："你干吗要帮忙圆谎？"

他回:"因为我怕我说标准的法语,你表妹会爱上我。"

CHAPTER **12**

若你是张考卷，
我愿做一辈子学霸

——

You are exquisite in my eyes.

花再久时间去了解你也不足够，即使用上我这一辈子。

186

在挪威开往丹麦的邮轮上,我们认识了两个白发苍苍的釜山大妈,蹭了她们许多泡菜桔梗,但没想到她们是 EXO 的"奶奶粉"。

我们聊了很久,她们都失去了丈夫,所以与闺密结伴出来旅行。

"男性的平均寿命比女性短,所以你一定要好好珍惜和丈夫共度的时光。"

"年轻时我们以为一辈子很长,现在才知道,白头偕老也是一件短暂的事。"

后来卜先森问我还记得邮轮上两个釜山大妈吗,我说记得。

他搂着我说:"我也记得,她们说的话,我到现在还记得。"

"她们说什么了?我只记得她们是 EXO 的奶奶粉。"

187

在泡菜小姐的前任欧巴打电话要求复合时,我们正参加好妹妹乐队的专辑签售会,她沉默地挂了电话,秦昊在台上唱"风过留痕,雁过留声,我在你心中留下几分"时,她哭了。

她仰起头晒着太阳,对我说:"我从没告诉任何人,高中时我就认识他了。你知道我高一去首尔做过半年交换生,他就是我那时的同班同学。他是那种顽劣的男孩,校服白衬衫最上面两颗扣子从来不扣,下课时在走廊晒着太阳吹着风。我那时催他交试卷,他把试卷折成方形放在衬衫左胸的口袋里,笑着让我拿。"

那画面感太强,我光是想象就少女心激荡。

"你知道吗?我永远不会忘记那一幕,那天走廊的阳光,他双手反撑栏杆,刺目的白衬衫,鲜明的锁骨,他邪气的笑,那帮男生激烈的起哄,还有我羞红的脸和剧烈的心跳。"

"从此以后,你爱上了他。"

"到如今,十二年。我爱了他整整十二年。"

"现在他来找你复合了,你会接受他吗?"

她垂下头,沉默了许久,才轻轻说:"不会。"

"为什么?"

"他是爱我的,可他爱的不只是我。我一直不敢承认,我只是备胎而已。他找我复合,不过是因为他又寂寞了。你看过安妮·海瑟薇的电影《一天》吗?里面有一句台词——我无法控制自己对你的难以忘怀,可是我关于你的一切,已经再没有了期待。"

我瞬间就明白了,十二年,整整十二年,那个鼓起勇气伸手从男孩胸前口袋里拿出试卷的少女,终于在长途跋涉中,死于心碎。

188

泡菜小姐送了我许多扇贝,周末卜先森说那就做海鲜饭吧。

于是去超市买食材,卜先森在纸上写:"翡翠贻贝、青

明虾、藏红花、灯笼椒、番茄、豌豆、欧芹、柠檬和黑胡椒。"他认真写字的模样，真的很帅。

那天卜先森在厨房忙活了两个小时，华丽的海鲜饭大餐，配两杯香槟，饭后甜点是焦糖泡芙塔。层层叠叠的泡芙垒成三十厘米高的塔型，非常隆重。

我想起卷心酱跟我说，泡芙塔在法国是结婚用的庆典蛋糕。

等卜先森手捧一束花走出来时，我还没猜透他想要干什么，只是一脸懵懂地看着他单膝跪地，捧着玫瑰和钻戒，郑重其事地对我说："老婆，你可愿意为我生一个孩子？"

我从来没想过，一个男人会用求婚那样隆重的仪式，请求一个女人为他怀孕生子。

我们的婚姻很仓促，我曾经以为我永远没有机会，对他说那句"我愿意"。

189

有段时间迷恋《十二道锋味》，让卜先森学做干炒牛河，看似简单，却像蛋炒饭一样，要炒好非常难。卜先森做了三次才成功。因为要举着锅翻炒，最后他手臂都抬不起来了。

我找到新工作后，他不让我吃地沟油，每天早起给我做便当。

有天他跟我吐槽，"早上公司前台问我，用了什么男士香氛，有点像茴香。"

我大笑，"她一定没想到她BOSS早上做了茴香鸡蛋饼。"

190

和卜先森早就定好了出国旅行，后来才知那天是鹿晗RELOADED全国巡演北京站的日子。那是鹿晗首开个人演唱会，意义巨大，于是我跟卜先森说取消旅行。

他为那次旅行做了翔实的攻略，订机票、订酒店、订餐厅，花费了很多心血，所以在知道我不想去的瞬间，他就翻脸了，"你不去也得去！"

我当时被鹿晗迷了心窍，激烈反抗，"我又不是你奴隶！"

当晚我收拾行李搬去了泡菜小姐家，订了演唱会门票，准备付款时才发现，支付宝、微信钱包、微博支付都是零，我打开银行 APP，余额为零？

泡菜小姐一针见血："你被你金主经济管制了。"

191

我微薄的工资只能生存不能生活。从未实现"经济独立"，说卜先生是我金主，我也无法反驳。经济基础决定上层建筑。旅行结束后，鹿晗的演唱会已经开到了广州。

我在微博上刷话题刷了一晚上，卜先生突然大发慈悲地说："看你可怜，明天带你去杜莎夫人蜡像馆'壁咚'鹿晗吧。"

好好好，都听你的，谁叫你是金主。

192

我问卷心酱，她最喜欢 MOF 君什么。

她说："他心里，永远住着一个小男孩。"

譬如他会把刊登了他甜点新作的杂志拿给她看，然后满怀期待地望着她。卷心酱只能像哄小孩似的说："这是你做的吗？Magnifique！C'est Génial！Bravo Chef！（太出色了！这真是天才啊！真是棒极了 Chef！）"

演技越浮夸，越能让 MOF 君笑得合不拢嘴。

卷心酱说："这和小朋友考了 100 分，然后去找老师贴小红花的行为有什么区别吗？"她的表情又嫌弃又偏爱，"可我就喜欢他的幼稚。"

"这就是爱吧，就算是缺点，也看起来那么可爱。"

"虽然我们有很多问题，虽然未来并不明朗，也许永远无法结婚。但是我知道，至少此刻，他爱我，我爱他。这就够了。"卷心酱说，"去年 7 月 14 日，法国国庆。我一个人看巴黎铁塔亮起法国色，蓝白红，就像 MOF 君制服上的国旗领。铁塔后面是绚丽的烟火，我当时许下的心愿是，我亲爱的 MOF 君，如果你肯与我共度余生，我会为你奋不顾身。"

193

前段时间卜先森见到了他久违的初中同桌。

那是在充满怀旧气息的 KTV，我们进去时，她正在唱孙燕姿的《在，也不见》，中途她说："孙燕姿是我整个青春的信仰，很高兴，在青春逝去时，还能唱她的新歌。"

同学们给她鼓掌，她转过头，一眼看到了卜先森。

他也在为她鼓掌，那一瞬，我看到了她眼中的汹涌。

下一首是《尚好的青春》，卜先森看到歌名后微微皱了下眉，然后转过来对我说："你不是也喜欢这首歌吗？这里还有一个话筒,你也一起唱吧。"

后来我才知道,那首歌太悲伤,卜先生是怕她一个人唱崩溃吧。

"尚好的青春都是你,没有片刻不想你,就算真能在对的时间,遇见对的你,遗失的青春怎能回得去?"回不去。永远回不去。

那首歌结束后,她轻轻问我:"我可以抱抱你先生吗?"

我点点头。

卜先生犹豫了片刻,还是站起身。

我不知道,那个拥抱,是幻灭还是重生。我只听到,卜先生轻轻对她说:"你要好好的。"

然后她拼命点头,满脸的泪水,在斑驳的光影里,迷离而美丽。

194

看到话题#男朋友觉得你的化妆品多少钱#,我也试了

试卜先森。

我拿出一只卧蚕笔,卜先森说:"八百。"

我抹汗,"39元。"

然后是蜜粉,他说:"九百?"

"56好吗?你觉得我会那么败家?大部分男生都严重低估化妆品价格,几百块的说成五块十块,你为什么猜得这么高?"

他无视我的问题,皱着眉头说:"是不是我赚得太少了?让你没有安全感?所以你才省吃俭用,买这么廉价的化妆品?"

真是搞不懂他的逻辑。记得上次在商场购物,刷他的信用卡,买了一条99元的裤子,他收到刷卡短信后,很快打来电话,"怎么买那么便宜的裤子?都说了,现在我们和以前不一样了,你不用节省。如果你还担心钱的问题,我每天拼命工作又是为了什么?"

卜先森是"直男癌",鉴定完毕。

195

大半个娱乐圈都梳了半丸子头,我手很笨,在镜子前弄了半天还没弄好,原本西装革履打好领带的卜先森准备出门了,又折回来帮我扎头发。

看他三十秒内轻松扎出半丸子头,我开玩笑说:"干脆你也来个半丸子头,像男子发型教科书贝克汉姆那样。"

他哼一声,"我才不。"

"为什么?"

"你明明不喜欢欧美帅哥。"

闹了半天我才反应过来,卜先森这是在卖萌?

196

有次他出差,打电话问我在干吗。

我脱口而出，"在想你呀。"

"想我时在干吗？"

"在追《太子妃升职记》，睡前照例听了EXO的《Sing for you》。"

"额……这是在想我吗？"

"那你想我吗？"

他没有正面回答，只是说，"我听了三遍《Sing for you》。"

"为什么？"

"因为我知道你肯定也在听。"

197

渡边淳一说："收服男人就得对他好，但不是时时都好，只要在他生病的时候照顾他就行了。若是他身体的确好得不生病，只需在你自己生病的时候照顾他就行了。"

刚好那时我重感冒，在床上躺了一天，突发奇想要拖着病体给卜先森做饭。

他一回家我就问:"吃饭了吗?"

他正在换鞋,闻言动作停顿了一下,"你给我做了饭?"

我躺在沙发上作气息奄奄状,"对呀,我做得半条命都快没了。"

他默不作声地坐下来开吃,吃得很慢,但到底是吃完了。

半夜他起床发出响动。我白天睡多了,那时还没睡着。

"怎么啦?"

"没什么。"

我抢过他手上的东西,是健胃消食片。

脑回路拥堵了片刻,我反应过来,"你回来之前吃过饭了?"

他这才坦白,"今天公司聚餐。"

我一句话都说不出来。

我和卜先森最经常旅行的地方,是日本,回忆起来,我们几乎每年都会去一趟日本,日本旅游局应该给我们颁个奖。我们最近去的,是九州最南端的鹿儿岛。

在博多站换JR券(日本铁路周游券)时,卜先森贴心地去买了两份火车便当。

他知道我爱吃日本各大车站的火车便当,因为便当里总是有当地的特产美食。我都不用说,他就知道我的心思,我正想着,他就帮我做了。我想,这就是老夫老妻的感觉吧。

在酒店泡露天温泉,远处就是樱岛火山。

卜先森问我:"想拍照吗?"

"不想拍。"

"为什么?"

"因为就算不拍照留念,我也永远不会忘记。"

他笑,"你不要这样,我心脏都不会动了。"

199

有一次去日本,专程为了宇治的抹茶。

依山傍水的宇治小镇古香古色,连抹茶专营店的名字都很复古——伊藤久右卫门。那是我第一次品尝到正宗的抹茶,比绿茶粉还要细好几倍,用水冲泡有一层泡沫,我喝了一口就对卜先森说:"我终于找到最适合形容你的食物了,宇治抹茶,涩而不苦!"

他很配合地指了指一杯抹茶布丁,"我也找到最适合形容你的食物了,甜而不腻!"

卜先森从未对我说"我爱你",他的情话总是很隐晦,之前我不懂。

后来我渐渐明白,感情的自然流露,才最动人。

200

旅行中总是有意外之喜。那次我们在盖特威克机场转机时,空姐说我们"申根签"时间未到,我们只能在伦敦又待了一晚。没想到,那晚我们在大本钟附近遇见了古川雄辉。那段时间他刚巧在伦敦演舞台剧。我看到男神连话都说不出来,反倒是卜先森帮我去要签名。

后来他问我:"怎么你见了古川雄辉,胆子就这么小?"

"因为古川雄辉就是入江直树啊,我瞬间就像琴子那样胆怯了!"

他笑着摸摸我的头发,"没有没有,你比未来穗香更可爱。"

"可还是不自觉地卑微起来了。"

"不曾卑微,就不算爱过。"

201

有段时间我特别痴迷《请回答1988》,"请回答"系列的男主都是"丑帅"型,所以柳俊烈一开始把我丑哭了,我也淡定得很。果然才看了几集,就妥妥地被他演的正焕圈饭。

那时韩网上流行三个词——

果男正（역남정 = 역시 남편은 정환 果然老公是正焕）

难男正（설남정 = 설마 남편은 정환 难道老公是正焕）

反男正（어남정 = 어짜피 남편은 정환 反正老公是正焕）

我坐在电脑前，以手托腮，沉思了好久，卜先森问："你遇上什么难题了？"

"真的好纠结啊，到底加入哪个阵营呢？"

"选择障碍吗？我帮你挑一个吧。"

卜先森探头过来，看了三秒，然后"啪"地一掌拍在我后背上。

"这三个有差吗？"

"没差吗？"

"有差吗？"

"没差吗？"

"你再不睡觉！信不信我改 Wi-Fi 密码！"

202

愚人节那天，我发了条微博："一大早就跟卜先森吵，没完没了彼此折磨，突然觉得很累，性格不合，不想再自欺欺人，于是下决心和他去领了离婚证。不可惜，不遗憾，不后悔，罗曼·罗兰说，'世上只有一种英雄主义，是在看清生活真相后依然热爱生活。'曾经深爱过，时光会记得。再见卜先森。"

中午卜先森发了条微信过来，"容我喝杯82年的敌敌畏压压惊。"

我回："如果有一天，我真的不爱你了，我要和你离婚，你会同意吗？"

过了很久，他才回："如果真有那么一天，我会给你自由。我爱你，可你是自由的。"

我盯着手机屏幕百感交集，这时那条微信突然消失，显示"卜先森撤回了一条消息并亲了你一口"（那时这个梗还没有在微博上流行，微信也没修复这个漏洞）。

很快卜先森电话打来了，"我后悔了。如果你真的不爱我了……"

我打断了他的话，鼻子微微有点发酸，"不会有那么一天的。因为我和你一样，也想试试，就这样，和你到老。"

203

这本书写起来非常快,因为都是真实经历。我写完之后拿给卜先森看,他闷声不响地读完,评价道:"文笔浮夸,情感矫揉造作,为赋新词强说愁。"

我差点气哭,而他叹息一声,"你非要把我们的故事,写给大家看吗?"

我说:"我写这本书的目的,说出来恐怕会被人嘲笑吧?前段时间高速追尾连环车祸,还有地铁事故,我通勤的时候总是会想,万一我发生意外,再也回不去了怎么办?如果我仓促离开,我能给你留下什么呢?六年,在人的一生中很短暂吧?或许很快就会被别的事物所取代。都说文字是流芳百世的,我不求世人记得我,我只希望你不要那么快将我忘记。"

说着说着就有些伤感了。

他总能第一时间读懂我的小情绪,他一把将我拉入怀里,"你呀你,药不能停。"

"是呀,我有病、我智障、我脑残、我浮夸、我矫情,我

的生活总是一团糟,听过那么多道理,依然过不好这一生。"

他说:"生活不可能一帆风顺,要知道,吴亦凡刷过盘子、TFBOYS曾经街头献唱、黄致列以前住破旧的屋塔房……"

我瞬间破功,笑了。

可他说话的样子,非常认真。我突然就想到我初见他的那天,他在音乐厅的聚光灯下弹唱那首《Rolling in the Deep》。其实那首歌唱的是遭遇背叛、令人心碎的爱情,可它并不沉湎于悲伤,而是充满战斗的号角,气势昂扬。

想到这,我随口问卜先森,为什么喜欢那首歌。

他说:"因为那时我也There's a fire starting in my heart。你知道我的青春期漫长而孤独,我常常想,都说另一半已经在路上了,难道我的她在路上被狗咬了?"

我大笑,踮起脚吻他,"对不起,让你久等了。"

假如生活欺骗了你,不要悲伤,不要心急,因为生活会继续欺骗你。你相信吗?这世间唯有真爱不会背弃你,它或许会来得有点晚,但它绝不会缺席。

爱情大拷问？

1 问：描述一下你学生时代喜欢什么类型的异性。

卜先森：早就忘了。
卜太太：卜先森这样的。

2 问：那你现在喜欢什么类型的异性。

卜先森：卜太太这样的。
卜太太：茶蛋、三小只、牛鹿羊（吴亦凡、鹿晗、杨洋）、以下省略三千字……

3 问：对于"追一部剧换一个老公"怎么看？

卜太太：这才是人生。
卜先生：感谢《婚姻法》。

4 问：婚姻改变了你的人生吗？

卜太太：改变了，妈妈给我发微信链接从"嫁不出去怎么办"到"防止老公出轨的妙招"。
卜先生：没改变。因为改变我人生的不是婚姻，而是某人。别人跟我结婚或许改变不了我，但是某人可以。

5 问：为对方做的最大改变。

卜先生：从努力赚钱变成拼命努力赚钱，想用钱砸死她。
卜太太：卜先生，套路不要太深。

6 问：除了赚钱以外，最大的爱好是什么？

卜太太：当然是追欧巴，一路为欧巴，吃土也愿意。

卜先生：陪她追欧巴，赚很多钱不让她吃土。

7 问：相识六年，结婚四年，对此有何感想？

卜太太：不要暴露我年龄好吗？
卜先生：好像才刚刚认识她。对她充满好奇，对未来充满期待。

8 问：吵架的频率是什么？

卜先生：上周小吵三次，大吵一次。
卜太太：有那么频繁吗？
卜先生：你每次吵完都不记得。
卜太太：你记那么清楚干什么？
卜先生：提醒自己，下次不要再为同一个原因吵架。

9 问：如果对方真的很生气，你会怎么哄她？

卜太太：冲上去死死抱住他，我的脑袋刚好在他胸口，于是我把头抵着他胸口拼命地拱。
卜先生：正版专辑、亲笔签名、演唱会或者见面会门票、机场近

距离接机、剧组探班……太多了，我有一万种方法哄她。

10 问：想去什么地方安享晚年？

卜先森：阿拉斯加。
卜太太：横店。

11 问：最喜欢对方身上什么优点。

卜太太：他有优点吗？开玩笑，最喜欢他的慧眼识珠。
卜先森：慧眼识珠娶了你吗？嗯，这么说来，你最大的优点是想象力丰富。

12 问：当初是什么原因，想要给对方一辈子承诺的？

卜先森：没有原因。
卜太太：你就不能来点套路逗我开心吗？
卜先森：从看到她的第一眼起。
卜太太：太假了。
卜先森：那年我们在阿里转山，她站在飞扬的五彩经幡下朝我挥

手……

卜太太：打住打住，我……还是喜欢之前那个说法。

卜先森：嗯，我知道，你不想勾起我的伤心往事。你们看，我就是爱她这一点。

13 问：有没有突击检查对方的手机？

卜先森：不用查，她手机里全是各种她爱豆的照片和视频。

卜太太：不用查，他微信里全是各种卖演唱会、见面会门票的黄牛。

14 问：当学霸是一种什么体验？

卜太太：每次发卷子的时候，全班女生都投来爱慕的目光吧？

卜先森：你想多了。不用发卷子，我每天走进教室，都会感受到她们的目光。

卜太太：为什么画风突变？没想到你这么自恋。

卜先森：因为很高兴，你刚刚竟然透露出，你曾经查过我手机，我一直以为你不关心。

15 问：当学渣是一种什么体验？

卜先森：应该是"数学虐我千百遍，我待数学如初恋"吧？
卜太太：你想多了。身为学渣的我，最大的理想是，嫁一个学霸老公。
卜先森：呵呵。

16 问：你们觉得在你们的关系中，谁占了上风？

卜太太：我总觉得他在我们的关系中很理性、很强势，仿佛一切都在他的掌控之中。不是有句话吗？谁爱得深，谁就注定落了下风。所以我有时候想，他根本不够爱我吧？
卜先森：那些话你也信？在一段关系里，爱得更深的，才是强者。
卜太太：为什么？
卜先森：因为爱得更深，才更坚定。不管发生什么，对她的爱都不会改变。

17 问：你们觉得你们前世是对方的什么？

卜先生：周杰伦说他女儿是他的"前世情人"，我觉得卜太太是我的"前世女儿"。

卜太太：你确定你不是在嘲讽我？

18 问：有没有很心疼对方的时候？

卜太太：有次我想在微博上弄个活动，私信我的高三妹子，让卜先森给她们打电话鼓鼓气。卜先森被我软磨硬泡，本来答应了的。可是后来他突然说："还是别弄这个活动了吧？"他顿了顿说，"我担心她们会嫌弃。我当年并没有考好，万一坏运气传染了呢？"

我突然就说不出话来。

19 问：说一说最近对方让你很感动的事吧。

卜先森：前阵子，我和她去吃饭，她闺密发来"视频聊天"，那个闺密是黄轩的"迷妹"，刚刚参加完黄轩的粉丝见面会，正处于情绪亢奋之中。

她们俩聊得热火朝天，我就插了句，"黄轩是挺耐看的。"

她闺密瞬间炸毛，"我轩哥器宇轩昂、玉树临风、貌若潘安、帅

裂苍穹，岂容你一个'耐看'形容？"

于是我不敢再插嘴，在旁边百无聊赖地逗猫咪玩，我感觉到卜太太在看着我。

这时她闺蜜说："轩哥毛笔字写得超好。"

卜太太："我老公毛笔字也写得好！"

她闺蜜说："轩哥说法语说得好撩人！"

卜太太："我老公也会说法语，卷舌说得也很撩人！"

她闺蜜这才意识到不对，问："哪个？鹿晗？杨洋？"

卜太太："我真的老公。"

20 问：最近一次吵架是因为什么？

卜太太：前段时间他公司搬到三里屯，他说是因为他喜欢使馆区的安静和露天咖啡馆，可是谁知道他是不是看上三里屯满大街的"网红脸和大长腿"！我很生气地说："你嫌弃我又矮又胖就直说！何必拐弯抹角？"他一把扯下领带，说："三里屯全是美女，我要让自己审美疲劳，这样回家就觉得你真是独一无二！"

21 问：你听到情话的第一反应是什么？

卜太太：发微博。

卜先森：银行卡里还有多少钱，够不够她用。

22 问：杨绛先生去世的时候，你们有讨论过她和钱锺书的爱情吗？

卜太太：我记得钱锺书说他们的爱情，结合了妻子、情人和朋友，多么可遇而不可求。我当时想，我和卜先森并不志同道合，我们不是一个世界的人，我们真的合适吗？我们真的可以白头偕老吗？

卜先森：一开始，我们的确不是志趣相投的人，我们根本不在一个次元。但是，我相信我们会一直到老的。

卜太太：为什么？

卜先森：因为这世上本就没有"合适的人"，所谓的"合适"，是因为某一方，心甘情愿为对方改变。你放心好了，我已经变成了这世上最适合你的人。

23 问：520微博，你们会发什么？

卜先森：我让她发果照。

卜太太：发你的？

卜先森：滚。

卜太太：发我的？

卜先森：你敢？

卜太太：那发什么？

卜先森：发一张苹果的照片。

卜太太：果照就是苹果的照片？又不是平安夜。

卜先森：520我爱你，You are the apple of my eye.

24 问：作为国民暖心欧巴，卜先森有什么想对恋爱中的男生说的吗？

卜先森：女生都喜欢用无理取闹来证明自己的重要性，她脾气差、她不理你，都是因为她想要你去哄她。如果不擅长说，还有很多套路，比如说"壁咚""强吻""摸头杀"或者仅仅是拥抱，只要简单的眼神、动作和语言，就能满足她的安全感。爱她，就该纵容她，如果你觉得她的任性也很可爱，那么你才是真爱她。

卜太太：我可以叫你"套路王子"吗？

卜先森：真心重要，套路也很重要。很多人不懂如何爱一个人。

爱是讲究方法的，爱一个人是需要套路的。曾经我什么套路都不懂，可我愿意为一个人去学习，我想，这也是我的真心吧。

25 问：最后，卜先森有什么想对粉丝们说的吗？

卜先森：上课时不要刷卜太太的微博。

图书在版编目（CIP）数据

全世界只有我可以欺负你 / 蒙淇淇著. -- 兰州：读者出版社，2019.1
ISBN 978-7-5527-0521-8

Ⅰ．①全… Ⅱ．①蒙… Ⅲ．①随笔－作品集－中国－当代 Ⅳ．①I267.1

中国版本图书馆CIP数据核字（2019）第000843号

全世界只有我可以欺负你
蒙淇淇　著

责任编辑　漆晓勤
整体装帧　菓　子
选题策划　京贵传媒

出　版	读者出版社
地　址	兰州市城关区读者大道568号（730030）
邮　箱	readerpress@163.com
电　话	0931-8773027（编辑部）
印　刷	北京温林源印刷有限公司
规　格	开本 889毫米×1194毫米　1/32
	印张9.5　插页4　字数134千
版　次	2019年3月第1版
印　次	2019年3月第1次印刷
书　号	ISBN 978-7-5527-0521-8
定　价	45.00元

凡本书出现印装质量问题，请与我们联系调换。
联系电话：010-65801127